悪党の回帰　サマルカンドと青い薔薇

愁堂れな

幻冬舎ルチル文庫

CONTENTS ✦目次✦

✦カバーデザイン= chiaki-k(コガモデザイン)
✦ブックデザイン=まるか工房

イラスト・奈良千春✦

悪党の回帰　サマルカンドと青い薔薇

1

『光の騎士団』の噂《うわさ》は勿論《もちろん》俺の耳にも届いていた。闇社会に生きる者にとっての天敵的存在を、生まれたときから闇社会にどっぷり首まで浸《つ》かっている俺が知らないはずがない。

いつか来ると覚悟はしていたし、当然ながら備えもしていた。しかしまさかここまで歯が立たない相手だったとは。予想を遙《はる》かに超える攻撃力の高さに、『備え』はすべて突破され、今やギルドは壊滅寸前である。

ここまでかと覚悟を決めたあとには、仲間たちをいかに無事に逃すかを考えた。長年、家族同然に過ごしてきた連中だ。一人でも多く生き延びてもらいたいと地下通路から逃走させ、通路の入り口は爆破し塞いだ。

追手を減らすためには騎士団もろとも、この建物を吹っ飛ばす。ギルドの奥まったこの部屋に一人でも多くの騎士を集め、先ほど使った魔道具の数十倍破壊力の強いものを発動させてやる。

「いたぞ！　ここだ！」

そのためにわざとこの部屋への回廊を隠す目眩《めくら》ましの魔法は弱めておいたのだった。光の騎士団の騎士たちは皆、魔力を跳ね返す鎧《よろい》を身につけているというが、物理的な爆発は防ぎようがないはずだ。

「団長！　まずは我々が……っ」

軽く防御魔法をかけてある扉の向こうで、騎士の一人の少し慌てた声がする。

光の騎士団の団長は、この国の第二皇子ミハイル殿下であることは周知の事実だった。運がいい。第二皇子が爆破に巻き込まれたとなれば、逃走した俺の仲間を追うどころではなくなるだろう。

「構わない」

外で少しくぐもった声がしたと同時に扉が破られる。扉の砕け散り具合からして魔法だなと察し、これもまた噂どおりだと俺は目の前に現れた男を見やった。

「ギルド長のサマルカンドだな」

問いかけてきた男が騎士団長のミハイル殿下であることはすぐにわかった。というのも光の騎士団の団長の『特徴』が広く知れ渡っていたからだ。

騎士団長の身につけている鎧兜《かぶと》は希少なミスリル鉱石で作られた、普通の鎧よりも随分と薄手の珍しいものであるだけでなく、彼はその兜を決して脱がない。白銀の輝きが美しい兜の下の顔を誰も知らないのである。

「ミハイル殿下。ようこそ」

兜の下から見えるのは燃えるような赤い瞳のみ。しかしその瞳がまた、彼が第二皇子である証《あかし》となった。ミスリルの鎧を着ていれば爆破の魔道具をぶつけたとしても命は守られるだろう。この第二皇子の境遇を知っているだけに、らしくない同情心が芽生え、そんなことを考えていたのが仇《あだ》になった。

「仲間を逃し自ら囮《おとり》となるとは、悪党にしてはいい心がけだな」

皇族とは思えない砕けた口調は、第二皇子のその哀れな境遇ゆえだった。物心つかないうちに誘拐され、劣悪な環境で育ったというが、当時の彼に関する話は噂程度でも聞こえてこない。それだけ『劣悪』であったということだろう。

彼が俺に声をかけている間に、騎士たちが室内に入ってきて、俺を取り囲んだ。

「お褒めにあずかり光栄です」

にっこりと笑い手の中の魔道具を握り直す。ミハイルに加え、部屋の中には十数名の騎士がいる。道連れにするにはいい人数だ。さて賞賛の礼を受け取ってもらおうと振りかぶりかけた俺の前で、ミハイルがすっと身体《からだ》を横へとずらした。

「……！」

思わず息を呑《の》んだのは、騎士の一人が少年を羽交締めにしている姿が目に飛び込んできたからだ。

「…………」

唇を噛《か》み締め、必死で俺のほうを見ないようにしている。騎士団が襲撃してきたとき、彼はちょうど出かけていた。危機を察したら逃げろとあれだけ教え込んだというのに、戻ってきてしまったようだ。

それでも俺に迷惑をかけないようにと知らないふりをしている。このまま逃してやりたいと俺は、あえて作った淡々とした声音でミハイルに問いかけた。

「その子供は？」

「お前の部下だろう？」

ミハイルもまた淡々と返してきたあと、否定しようとした俺の言葉に被《かぶ》せてこう告げた。

「名前はココ。身の回りの世話をさせている。摘発前の調査は怠らない主義だ」

「……なるほど」

闇ギルドに所属する人間は誰一人として見逃さないという噂は誇張でもなんでもなかったらしい。しかし子供一人くらいは見逃してくれてもいいのではと交渉に移ることにする。

「調査したのならわかっているはずだが、その子は下働きでギルドの仕事はさせていない。解放してやってほしい」

「サマルカンド様！　そんな！」

少年が――ココが泣きそうな顔になり、俺の名を呼ぶ。

「子供を逃がせばおとなしく捕まり処刑されるというんだな？」

ミハイルが何の感情もこもらぬ声で問うてくる。

「いや」

その程度で見逃してもらえるとは思っていない。俺は笑うと手を開き魔道具を見せてやった。

「断るというのなら今この瞬間にも、ここを爆破する。この場にいる全員を道連れにな」

「な……っ」

「殿下、お逃げくださいっ」

騎士たちは騒いだが、ミハイルは少しも動じる素振りを見せず俺を見る。

「子供を解放すれば？」

「魔道具は渡すし、捕まってもやる」

「断れば皆して死ぬ、か。子供も死ぬぞ」

「光の騎士団に捕まったらどの道死刑だろう？」

今まで光の騎士団に捕まった人間は全員処刑されている。しかも公開でだ。ココをそんな目には遭わせたくないし、正直、俺には勝算があった。

「殿下が命を落とすようなことになれば、帝国民の希望の光も消えてしまう」

「………………」

ミハイルは何も言わずに俺を睨《にら》みつけてきた。痛いところを突かれたとでも思っているのだろう。

現皇帝の統治は決して褒められたものではない。皇后の実家である公爵家との癒着が激しく、庶民ばかりか貴族の間でも不満が渦巻いていた。

そんな中、突如現れた第二皇子が『光の騎士団』を結成し悪党たちを成敗し始めた。彼こそがこの帝国を変えてくれるに違いないと期待が高まっている。ミハイル自身、腐敗し切った社会を厭《いと》うているからこそ、日々闇社会に生きる悪党共を摘発しているのではないか。

「俺はどうせ死刑になる身。ここで死ぬのも処刑台で死ぬのも一緒だ。でも殿下の死に場所はここですかね？」

もうひと押し。見るからに『正義の人』である彼は、約束を違《たが》えることはないだろう。ココはきっと生き延びられる。さあ、条件を呑むんだとミハイルを見つめる。ミハイルは俺を無言のまま見返していたが、やがて小さくため息を漏らす音が兜ごしに伝わってきた。

「わかった。少年を解放する」

そう告げるとミハイルはココを拘束していた騎士に「離してやれ」と命じ、騎士はその命に従った。

「さすがは帝国の希望の光。助かったよ」

感謝の気持ちは本物だが、口調は揶揄《やゆ》したものになった。それがこのあと我が身に不運を呼び込むことまで、予想できなかったのだが。

とにかくよかった、と俺は視線をココへと向け、笑いかけた。

「じゃあな、ココ。お前のメシは美味《うま》かったよ。元気で暮らすんだぞ」

「サマルカンド様……っ」

泣き出してしまった彼に、行け、と目で合図する。

「俺もここで死にます……っ」

「馬鹿。早く行け」

無駄死にをするんじゃない、と彼を説得しようとしたとき、ヒュンという音が背後でした直後、背中に痛みと熱を覚える。肩越しに振り返った俺に、弩《いしゆみ》を構えていた騎士が憎しみも露《あら》わに叫んで寄越した。

「団長を馬鹿にするとは許せん！　死んでお詫《わ》びしろ」

「…………」

この馬鹿はミハイルと俺の駆け引きを聞いていなかったのだろうか。馬鹿は死ななきゃ直らないということを教えてやりたかったが、まだココがいる。命拾いしたなと心の中で毒づくと俺は、

「誰が射《う》てと言った！」

と怒声を張り上げたミハイルへと手を伸ばした。

「殿下……受け取ってくれ。床に落ちると爆発する」

球状の魔道具を手渡そうとしたが矢には毒でも塗られていたのか、立っていられなくなりがっくりと膝《ひざ》を折った。意識は朦朧《もうろう》としていたが、渡すまでは握っていなければと魔道具を握り締める。

「おい！　しっかりしろ！」

ミハイルが慌てた様子で俺へと駆け寄り、まずは俺の手から爆破の魔道具を受け取った。

「持っていろ」

それを傍らの騎士に手渡すと、安堵《あんど》し床へと倒れ込んだ俺を抱き起こし、声をかけてきた。

「悪かった。騙《だま》し討《う》ちのような形になって」

「いや……」

どうせ死ぬことは決まっていたから気にするな、と言ってやりたかったが、もう舌もよく回らなかった。

これで死ぬのか。今まで散々悪事を働いてきたから、俺らしい死に方と言えそうだ。この世に未練がないと言えば嘘《うそ》になるが、こんなもんだろうという諦観のほうが大きいのもまた事実だった。

「子供は必ず逃す。それは約束する」

ミハイルの声が上擦っているように聞こえる。兜の中の赤い瞳が潤んでいるのがわかった。

「ありが……」

とう、と微笑《ほほえ》んだとき、ふと、どうせ死ぬのなら最後に誰も見たことがないというミハイルの顔を拝んでやるかという好奇心が湧き起こったのもまた、俺らしいといえた。兜の前面のフェイスガードに手を伸ばす。

騎士たちは騒いでいるようだったが、ミハイルは俺の手を払いのけることなく、フェイスガードを上げさせた。死ぬ人間の望みなら、という思いやりかもしれない。

「………」

露わになった顔は非常に整っていた。赤い瞳が俺を見つめている。常に覆っているからか、肌の色は抜けるような白さを保っていたが、精悍《せいかん》な顔立ちは誰もが見惚《みと》れるほど美しいものだった。こんな顔なら隠す必要などないだろうに、と笑おうとしたところで俺の気力は途絶えた。ぱたりと手が落ち、意識が暗闇の中に吸い込まれていく。

「サマルカンド様ー！」

ココの泣き声が遠いところで響いている。早く逃げるんだぞと呟《つぶや》いたのを最後に俺は暗い闇の世界に——おそらく死後の世界へと落ちていった——はずだった。

「ぼうっと突っ立ってんじゃねえぞ」

ドスッと正面から何者かにぶつかられ、はっと我に返る。

「え？」

見覚えがあるようでないような、薄暗いこの場所は天国にはとても見えなかった。しかし

地獄という風景でもない。大勢の人間が今開かれたばかりの扉に向かっていくこの場所は、と、周囲を見渡そうとした俺の背後から、

「よお」

と声をかけてくる男がいた。

「今日の目当てはなんだ？　被らないことを祈るぜ」

「え？」

男は俺のよく知る人物だった。闇ギルドの中でも悪どい仕事ぶりでは群を抜く団体の長、アルカンだ。

待て。アルカンは先月処刑されたはずだ。それこそ『光の騎士団』に摘発され、ギロチンにかけられた。

ということはここは地獄か？　アルカンはピンピンしてように見えるが、とまじまじと顔を見てしまっていたからだろうか、アルカンが訝《いぶか》しげに問いかけてくる。

「どうした？　お前らしくもない。今のお前からなら財布だってスれそうだぜ？」

「……ああ、いや……」

まだ死んだばかりなもので、と言い返そうとしたが、なんだか違和感がある。そうだ、アルカンが若いのだと気づいたときにはすでに彼の俺への興味は失せていた。

「それじゃまた会場でな。そろそろオークションが始まるぜ」

「……オークション……」

そうだ。見覚えがあるはずだった。ここは定例で闇オークションが行われる郊外の屋敷だ。あの扉の中が会場で、合法的には手に入れることはまずできない品々が競り落とされる。『品品』の中には奴隷をはじめとする『人』も含まれていた。

「今日の目玉はなんといっても『シメオンの魔導書』だな」

「狙っている人間は多そうだ」

近くを二人組の紳士が話しながら通り過ぎていく。

シメオンの魔導書。目利きを自負している俺がただ一度だけ真偽を見誤った忘れようにも忘れられないブツだ。三年前、闇オークションでは最大規模となるルノーのオークションで大枚叩《はた》いて落札したあと、偽物とわかり非常に悔しい思いをした。

「……え……？」

待てよ。ここがその『ルノーのオークション』会場では？

死んだはずの男が声をかけてきた。しかもその男は今より少し若く見えた。

そしてこれから『シメオンの魔導書』がオークションにかけられるという。場所も同じくこのルノーのオークション会場で。

まるでときが三年前に巻き戻ったかのようじゃないか——？

いやまさか。俺は確かに死んだはずだ。ここは死後の世界じゃないのか？　魂が迷い込んでしまったとか？　三年前に？

死んだ――よな？　と、己の身体を見下ろす。見覚えのある服だ。それこそ三年前に仕立てたマント。懐にはずっしりと重い金貨の入った袋を隠し持っている。

記憶に残る三年前のあの日とまるで同じ状態じゃないか？

「始まるみたいだぞ」

「急がねば」

皆が会場へと駆け込んでいく。夢だかなんだかわからないが、オークションもまた三年前と同じ展開となるのだろうかと気になり、俺も中に入ってみることにした。

札を渡され席に着く。隣に座った男の顔にも見覚えがあった。シメオンの魔導書を最後まで競り合った、お忍びで来ていた隣国の貴族だ。

本当に何から何まで三年前のまま――ということは、もしや本当にときが三年前に巻き戻ったというのだろうか。到底信じられないが、と呆然《ぼうぜん》としているうちに、オークショニアが一段と声を張り上げた。

「それでは今回の目玉、『シメオンの魔導書』です。一万から始めさせていただきます」

途端にババッと札が上がり、皆が口々に「一万」「二万」と競り上げていく。

前回俺は一気に百万まで上げた。それで落札と思いきや、隣の男が刻んできたのだ。

結局、百六十二万で落札したのだが、さて今回はと見守っていると、俺が『百万』と声を上げなかったからか、小刻みに値は上がっているものの、未《いま》だ三十万までにしか到達していなかった。

まあ、偽物だからなと思いつつ、いくらで決まるかなと成り行きを見守る。

「四十万」

隣の男が声を上げたあと、数秒沈黙が流れる。

「八番の札のお客様が落札されました」

オークショニアがそう告げ、パラパラとまばらに拍手が起こる。三年前、俺が落札したときには、落札価格がその回の最高額だったため、会場を揺るがす勢いの拍手となった。四十万も高額といえば高額だが、もっと上がると見込まれていたので拍手が少ないのかもしれない。

しかしあれは偽物。今、満足げに笑っている隣の男は、そのとき悔しげに顔を歪《ゆが》めていたが、今回は手に入れたあとに偽物とわかり顔を歪めることになるのだ。

いや、待てよ。まさか本物ということはないよな？

そもそも『シメオンの魔導書』という書物自体が存在しないことを三年前に確かめたはずなので間違いなくあれは偽物だ。手に取って確かめてみたいが、隣の男が見せてくれるとは思えない。

しかし本当に今、この状態はなんなのだろう。やはりときが三年前に巻き戻っているのだろうか。俺が違う行動を取ったから三年前と同じ展開にはならなかったが、『シメオンの魔導書』も、そして競った相手も三年前と同じ、となると、その可能性が高そうだ。

すべて夢と言われたほうがまだ納得できる。ときが戻るなんてことが現実にあり得るとは思えない。それこそシメオンレベルの魔法使いでない限り、時間を戻すことなどできないし、そのシメオンはすでに五十年は前に魔導書を残すことなく死んでいる。

もしこれが現実であるのなら——そして本当にときが三年前に戻っているのなら、誰がそんなことをしたというのだ？　神か？　俺のような小悪党が死ぬことなど、神にとって瑣末《さまつ》以外の何ものでもないだろう。なのに三年前にときを戻して生き返らせてくれた——なんてことが果たしてあり得るのだろうか。

本当に今、この瞬間が『現実』であるのなら、『あり得た』ということなんだろうが。

未だ混乱しているが、もうオークション会場には用はない。そもそも最初から用はなかったわけだが、それはさておき、本当にときが戻っているかどうかを確認するためにも、三年前のアジトに帰ることにしようと、心を決めたとほぼ同時に、オークショニアの声が会場内に響き渡る。

「それでは本日最後の出品です。世にも珍しい赤い瞳を持つ美少年の奴隷です」

「……え？」

『赤い瞳』と聞いて思わず声が漏れたのは、死ぬ直前に見たのがまさに第二皇子の赤い瞳だったからだ。確かにこの国では珍しい瞳の色で、俺は今まで第二皇子以外に見たことがない。

そういや三年前も、シメオンの魔導書のあとは奴隷だった。売り文句に嫌悪感を覚えたので席を立ったが、今回もそうするかと立ち上がりかけた俺の目に信じがたい光景が飛び込んできた。

「美しい少年の奴隷です。調教済みですので今日、連れて帰ったその瞬間から、閨《ねや》での奉仕も可能となります」

三年前と同じ不愉快な売り文句が、呆然としていた俺の耳に届く。俺をそうも驚かせたのは、手首と首に枷《かせ》をはめられた状態で連れてこられたその少年奴隷が、どう見ても第二皇子にしか見えなかったためだった。

「一万から開始します」

「二万！」

「三万！」

少年は綺麗《きれい》な顔をしていた。確かに赤目も珍しいとはいえ、値段はさほど上がっていかない。少女ならともかく、少年に閨の相手をさせる層はさほど厚くないからかもしれない。

「五万！」

そんな中、一段と声を張り上げた男を見て、俺は、あ、と声を上げそうになった。アルカンだ。奴《やつ》は商売も悪どいが、もう一つの悪評があった。加虐趣味だ。

肉体的にも精神的にも追い詰め、酷《ひど》い傷を負わせるらしい。特に性奴隷をいたぶるのが好きで、その残虐ぶりは荒事には慣れているはずの闇ギルドの連中も顔を顰《しか》めるほどだという。

「五万。他にいらっしゃいませんか？」

オークショニアの声が響き、ハンマーを握る彼の手が上がる。壇上で少年はずっと俯《うつむ》いていた。第二皇子は確か十八歳。今が三年前なら十五歳のはずだが、十二歳くらいにしか見えない。

三年前、彼はアルカンに落札されたのだろうか。シメオンの魔導書を落札できて興奮状態だったので、その後の会場の様子は記憶がほぼない。いや、待てよ。アルカンから『上玉を手に入れた』と自慢されたことがあったような。

『どんな変態行為も受け入れ可能の美少年だ。リピーターが多いこともあって今じゃウチでは一番の売れっ子だ。新規の客まで手が回らねえんだよ。本当にいい買い物したぜ。あっという間に落札額を取り戻せたしな』

自慢していたのは第二皇子のことだったのか。ああ、だから、とあることに納得したとき、俺は思わず札を上げていた。

「百万！」

「え？」

アルカンがギョッとした顔になり、俺を見たのがわかった。オークショニアも一瞬、啞然《あぜん》

としたが、すぐに、

「百万が出ました。他にコールはございますか？」

と興奮した声を張り上げる。

確かに綺麗な顔をしているが、見た目はずいぶんとみすぼらしいこの少年奴隷に、何を血迷って百万もの値をつけたのかと、会場の皆がざわついているのがわかる。確かに破格だと俺も思う。十万でも充分だったが、この国の第二皇子が偽物の魔導書より随分と安価で取引されるのもなと思ったこともある。が、一番の理由は、未だこれが現実とは認めかねているからだった。

夢なら景気よくいこう。三年前は偽物の魔導書を落札し、百万以上の金をドブに捨てた。たとえ現実だとしても、そもそもはドブに捨てた金なのだ。損はしていない。

「五番の札のお客様が落札されました」

百万以上をコールする客は当然ながら一人もおらず、手続きのために俺は主催者のもとへと向かった。

ちょうどシメオンの魔導書の落札者とタイミングが一緒になったため、声をかけて魔導書を見せてもらったが、間違いなく三年前に見たものと同じだった。偽物と教えてやろうとも思ったが、あまりに喜んでいる様子だったので夢を壊すこともないかと口を閉ざした。

コレクションに加えると言っていたので、たとえ偽物であったとしてもそうと気づく日は来ないかと推察できたからでもある。

少年奴隷の引き渡しは、奴隷契約者の変更手続きなどがあったので少々手間取った。その間も少年はずっと目を伏せ佇《たたず》んでいたが、彼の身体が細かく震えていることに俺は気づいていた。

手続きが終わったので少年を連れて外に出ることになったが、手枷や首の枷が人目を引くのがわかったので着ていたマントを彼に被せてやった。少年が驚いたように俺を見上げる。

「ああ、まだ名乗ってなかったな。サマルカンドだ」

抜けるような白い肌。赤い瞳。やはりどう見ても第二皇子だ。しかしなんだって第二皇子が少年奴隷としてオークションにかけられることになったのだろう。疑問しかないが、詳しくはアジトで話を聞くことにしようと思いつつ、マントの下の少年の顔を覗《のぞ》き込む。

「……だ……旦那様……お言いつけにはなんでも従います……」

名乗ったのは名前を聞きたかったからだが、真っ青になった少年が口にしたのは、絶対的な服従を約束する文言だった。多分、前の持ち主に仕込まれたんだろう。

「サマルカンド」

と、背後から声をかけられ、きたな、と振り返る。オークション終了からかなり時間が経《た》っているというのにもかかわらず会場の外で俺を待っていたのはアルカンだった。

「お前に少年趣味があるというのは初耳だったぜ。どうだ？　こいつの調教、俺に任せてみないか？　貴族相手にも通用するよう、きっちり仕込むぜ？」

アルカンの申し出はもちろん、好意からではない。単に少年の味見がしたいだけだ。指摘してやってもいいが、後々面倒なことになるのがわかるだけに、

「気持ちだけ受け取っておくぜ」

と簡単にいなすと俺は、少年の肩を抱き、足を速めた。が、少年がよろけたために足を止めて、再び顔を覗き込む。

「どうした」

「いえ、あの……」

少年は泣きそうな顔になっている。空腹で身体に力が入らないとみた俺は、その場で彼を抱き上げた。

「ご、ご主人様……」

少年が驚いたように目を見開き、俺の腕の中で身体を竦《すく》ませる。

「まずはメシか。それか風呂？　どっちが望みだ？」

どちらでもすぐに用意する、と言いかけ、待てよ、と今の状況を思い出す。

本当に三年前に戻っているとしたら、身の回りの世話を一任していたココはまだウチに来ていない。いかつい男たちにこうも怯《おび》えているこいつの世話をさせていいものかと、青ざめる少年を見下ろす。

「……畏れ多いです……」

目を伏せ、ポツリと告げた彼の長い睫毛《まつげ》が震えている。状況的にも心情的にも混乱の極みにありはしたが、それを見た俺の胸に芽生えたのは間違いなく、飯か風呂かという簡単な問いに対し、己の希望を言うこともできずにいる彼への同情だった。

2

アジトに到着するまでの間、第二皇子と思《おぼ》しき少年は一言も喋《しゃべ》らず震えていた。話しかければ答えただろうが、こっちにその余裕がなかったのだ。

本当に今は三年前なのか。そしてこの少年は本当に第二皇子なのか。三年前か否かはアジトに戻ればわかりそうだが、少年の正体に関しては明確な答えは今の状態では望めないかもしれないな、などとようやく彼のほうに思考が行ったあたりで、馬車はアジトに到着した。

既に深夜を回っているので、アジトの入り口となっている古書肆《し》の扉は閉まっている。俺が近づくと持っている魔道具が作動し、扉が開いた。何もしないのにドアが開いたのを見て、少年が驚いた顔になる。子供らしい反応を微笑ましく思いつつ、魔法とは無縁の生活をしていたのかと彼の育ってきた環境を考える。

店舗の奥にアジトがあり、その奥の通路を通って生活空間へと向かうことになるのだが、無人と思っていたアジトには一人の男が俺を待ち構えていた。

「ボスはいつから美少年趣味になったんです？」

不機嫌であることを隠しもせず俺を睨みつけてきた男の名はキリオスという。もう何年も前から片腕となって働いてくれている、俺のギルドにはなくてはならない存在だ。

そうそう、三年前、奴は髪を伸ばしていたのだった。眼鏡《めがね》をかけ始めたのもこの頃だったか。三年後の短髪のときのほうが女受けはよかったと教えてやろうかという気になったのは、俺亡きあとのギルドを託し逃したときの彼の泣き顔を思い出したからだった。

『一緒に死ねと言ってほしかった』

皮肉屋の彼は、いつも人を食ったような表情を浮かべていただけに、最後の最後で見た泣き顔にはインパクトがあった。文句ばかり言っていたが、そうも慕ってくれていたのかと意外な驚きもあった。

おっと、俺にとってはついさっきの出来事だが、彼にとっては三年も先の未来だ。感慨に耽《ふけ》っている場合ではなかった、と俺は我に返ると、

「美少年趣味はお前だろう？」

と揶揄《からか》い返した。周囲に女っ気がないためにそんな噂が立ったのがちょうど三年前くらいだったと思い出したのだ。

「なるほど。私のために落札して来てくださったと？　私が待ち望んでいたのはシメオンの魔導書だったとわかった上で？」

キリオスがこんなふうにチクチク嫌みを言うのは、彼の機嫌が最高に悪いときの傾向だった。

「シメオンの魔導書が偽物だとわかったからさ」

なので一刻も早く機嫌を直してもらわねば、と、まずはその事実を教えてやることにした。

「偽物？　え？」

キリオスがぽかんとした顔になる。

「ああ。作ったのはマトリという名の魔導師くずれだ。魔塔を追放されたあとに金に困っていたところ、ルノーに引き入れられたんだ。あのオークション自体が壮大なやらせだったんだよ」

「……俄《にわか》には信じ難いですが、ボスがそんな嘘を言う理由はありませんからね……」

キリオスのことだ。遠方に居ながらにして、落札額が俺の持つ金貨以下であることもわかっているだろうし、そもそも俺が入札に参加していないという情報も得ているだろう。

「あと一年もすればルノーの悪事は露呈する。お前に偽物を摑《つか》ませずに済んでよかったよ」

実際、マトリは一年後に捕まり、ルノーからの依頼で魔導書をでっち上げたことが明らかになった。そのときには既にルノーは稼いだ大金を手に帝国を出たあとだったが、確か『光の騎士団』が彼を隣国まで追いかけ、粛清したと聞いた記憶がある。

「ボスはいつから占い師になったんです？」

「え？」

キリオスの言葉の意味が最初わからず、問い返してから『一年もすれば』と未来の出来事を告げたことを指すのかと察した。実際に魔導書が偽物であるとわかるのが一年後なので、キリオスの機嫌はまだ悪いままであることが、嫌み具合からわかる。

「見事に当たったら褒めてくれ。それよりこの子を風呂に入れたり飯を食わせたりするつもりだが、飯がまだなら一緒にどうだ？」

機嫌を上向けるには媚《こ》びるのが一番。それで笑顔で誘うと、キリオスは嫌そうな顔をしつつも、

「まだ話もありますしね」

と同意し、二人の話の間中、身動き一つしなかった少年奴隷をチラと見やった。視線に気づいたらしく、少年がびく、と身体を震わせる。

「このおじさんは口は悪いが手は出ないから安心していい。あと、料理が上手《うま》い」

「え？　私にさせる気ですか？」

キリオスがムッとした顔になる。

「風呂担当がいいか？」

だが俺がそう言うと、少し考えたあとに肩を竦め、承諾したことを示してきた。

居住スペースに立ち入りを許しているのは、ココとキリオスだけだった。三年前はキリオスのみだったはずだ。ココは二年前くらいに出会ったのだったかと記憶を辿《たど》る。

「まさかと思いますが、一緒に入るんですか？」

浴室に少年を連れて行こうとすると、背中にキリオスが声をかけてきた。

「まさか」

キリオスは本気で俺を美少年趣味と思っているのだろうか。今のは揶揄じゃなかったよなと呆《あき》れつつ、三十分後に何か食べられるようにしておいてくれと彼に告げ、浴室へと向かった。

バスタブに湯を溜《た》めている間に、少年の首にはまっていた枷を外してやる。手のほうは馬車の中で外したのだが、首のほうは少々面倒だったので家に帰ってからと言ってあった。外すには奴隷契約を交わした人間である証明が必要となり、証明の手段が血液なのだった。

「ちょっと待ってろ」

カミソリで指先に薄く傷をつけ、鍵となっている部分に当てる。カチャ、という音と共に首枷が外れると、少年は呆然とした顔を俺へと向けてきた。

「さあ、風呂だ。一人で入れるよな？」

「あの……」

少年のか細い声が浴室内に響く。まさか手助けがいるのかと唖然としていた俺に少年がおずおずとした様子で答えを返す。

「……自分では上手く……洗えないかもしれません……申し訳ありません」

「そう……か。うん、わかった。そしたらバスタブに入ってくれ」

彼が第二皇子であるのなら今は十五歳のはずだ。見た目は十二歳くらいだが、たとえ十二歳だとしても一人で風呂に入れないとは、と、呆れてしまう。

しかしすぐに俺は彼が『上手く洗えないかもしれない』と言った場所がどこかがわかって愕然《がくぜん》とした。

「で、出ているところは洗えます」

俺が背中を流してやろうとすると、少年は恐縮し、俺の手から逃れようとした。

出ていないところ？　と考え、そういうことかと察した上で憂鬱な気持ちになる。

「出ているところだけ洗えばいい。俺はお前に着せる服を用意してくるから」

出ていないところ——性交に使う場所、ということだろう。『調教済み』とのことだったが、今日までどんな日々を送ってきたのか、考えるだけで気が滅入《めい》る。

性奴隷として連れてきたわけではないと早く知らせたほうがいいなと思いながら、俺は浴室をあとにし、自分の部屋へと向かった。

子供服など当然ながら持っていないので、シャツを手に浴室へと戻る。

「服は明日までに用意する。今日はとりあえずこれを着てくれ。寒かったら羽織るものを持ってくる。どうだ？　湯加減は」

「き……気持ちがいいです」

相変わらず聞こえないほどの細い声で答えた少年は、本当に第二皇子なのだろうか。キリ

オスに調べさせるのが早道だなと思いつつ俺は、

「風呂から上がったらさっきの食堂に来てくれ」

と言葉を残し、料理を作ってくれているであろうキリオスのもとに向かった。

「キリオス」

瘦《や》せ細った子供のために彼が用意したのはスープだった。鍋の前に立つ彼に声をかけると、振り返りもせず淡々と説明を始める。

「あの子供、まともに飯を食わせてもらってないんじゃないですかね。最初は固形物が食べられないんじゃないかと思ってスープにしました。ボスと私は肉でも焼きましょう」

「肉は俺が焼こう」

氷室の魔道具から肉を取り出し、彼の隣に立って調理を始める。

「一体どういう気まぐれで性奴隷なんて買ってきたんです？　まさか商売を始めるわけじゃないですよね？」

「まさか。俺があんないたいけな子供に客を取らせると思うか？」

思うと言われたら心外だと怒ろうとしていたが、無駄な会話を嫌うキリオスがそうした小芝居に乗るはずもなかった。

「ならなぜ百万も出して落札したんです？」

「キリオス、この国の第二皇子について、何か父親から聞いてないか？」

「第二皇子？」

俺の問いが意外だったからか、鍋をかき混ぜていたキリオスの手が止まる。

「今現在、皇帝の息子は皇太子一人しかいませんよね？」

「実は第二皇子がいて、行方不明《ゆくえふめい》になっている、ということはないか？」

「荒唐無稽ですね」

キリオスが呆れた顔になる。確かに荒唐無稽ではあるが、これは今から約三年後に帝国民全員が知ることになる事実なのだった。

母親は皇后付きのメイドだったという噂だが、真偽の程はわからない。第二皇子の存在は秘匿されていたが、赤ん坊のときに誘拐され、行方知れずとなっていた。十八歳の彼が名乗り出たときに初めてその存在と誘拐の事実が明らかになった。偽物と疑われることがなかったのは彼の身体に皇帝の子供にしか出現し得ない特徴が現れていたからだ。

皇帝の血を引く人間は、常人には持ち得ない特殊な能力を持つのだが、その能力が発現するときに肌には青薔薇《ばら》の痣《あざ》が浮かんでくると言われていた。

事実とわかるのは、現皇帝の手の甲にもその痣があるからだ。能力に関しては個々人それぞれ違うということで、公表はされていないものの、現皇帝は空間の移動ができるというものだという。移動できる距離は短いそうだが、『魔法』で空間を移動するには相当な魔力がいるというのに、皇帝は生まれながらに能力として身につけており、詠唱も何もする必要はないらしい。

皇帝がその能力を使うのはもっぱら、気に入った女性の閨に忍び込み行為に及ぶため、という噂をきいたとき、宝の持ち腐れだなと帝国民の一人として嘆いたものだが、それはともかく、と、俺はその『噂』を教えてくれたキリオスに再度確認を取った。

「第二皇子が誘拐された事実はないか、親父さんに確認してもらえるか？　今から十五年くらい前だ」

「親父に聞くくらいはお安いご用ですけど、唐突すぎませんか？　あ、もしかして」

さすがキリオス、気づいたようだと感心していた俺の、予想したとおりの問いを彼が仕掛けてくる。

「あの少年奴隷が第二皇子だというつもりですか？　皇帝と同じ赤い瞳をしているから？」

「瞳だけじゃない。顔も似ていないか？」

「……ボスらしくないですね」

はあ、とキリオスがわざとらしく溜め息を漏らす。

「オークション会場で騙されたんですか？　こう見えてこの少年は誘拐された第二皇子だとでも？」

「まさか。そんな売り文句をつければさすがに不敬罪で捕まるだろう」

ルノーが、と告げるとキリオスは「そりゃそうですけど」と頷《うなず》いたあとに、じっと俺の顔を見つめてきた。

「なに？」

「……何を考えているのか、聞いても？」

キリオスの視線は真っ直ぐに俺の瞳を見据えている。一つの誤魔化しも見逃すまいという彼の意図はわかったが、役者が違う、と俺は微笑み、頷いた。

「赤い瞳は帝国内では珍しいが、他所《よそ》の国にはいないわけではないと、勿論知っている。だが俺はあの少年が第二皇子である可能性が高いと踏んでいるんだ」

「根拠は？」

「勘だ」

「…………」

俺の答えは当然ながら、キリオスの満足のいくものではなかった。が、このギルドをこうも大きくしたのも、俺の『勘』であることを一番よく知っているのもまた、キリオスだった。

「親父に聞けばいいんですね。十五年前、第二皇子が誘拐された事実があるか否か。まあそもそも、第二皇子が存在するかどうか、でしょうが」

「ああ、悪いな」

「悪くはないです。どうせ月一で会ってますし」

キリオスの父親というのは、実はこの帝国の宰相なのだ。キリオスは愛人の子供であるにもかかわらず、きょうだいの中で一番優秀であったため、父親の覚えがめでたかった。が、それで宰相の正妻やその子供たちから命を狙われるようになり、身の安全のために家を出された。

それでもしつこく正妻は彼を狙って刺客を差し向け、命を奪おうとした。彼女の息子たちが揃いも揃《そろ》ってボンクラだったためだろう。

街中で刺客に取り囲まれ、命の危機に瀕《ひん》していた彼を通りがかりに俺が助けた、というのが俺たち二人の出会いだ。

恩義を感じたキリオスは俺のためにその類い稀《まれ》なる頭脳を使いたいと申し出、仲間となった。闇ギルドに身を落とせば、宰相となる未来は潰える。命の危険もなくなるという計算もあったのではないかと思う。

父親はキリオスの能力の高さを買ってはいたが、自分のあとを継がせることは躊躇《ためら》っていた。というのも、彼とキリオスの亡くなった母親との出会いが娼館《しょうかん》であったためで、どれほど能力が高くとも、母親がもと娼婦であることが宰相への道の障害になるとわかりきっていたためだった。

宰相はキリオスが闇社会の一員となったことを嘆きはしたが、二人の仲は決裂はしなかった。キリオスもまた、妻を制しきれない父親を情けなく思いながらも、嫌うことはなかった。親のいない俺には今一つよくわからないが、それが『親子の情』というものなのかもしれない。

とにかく、キリオスと父親の仲は良好で、月に一、二度酒を酌み交わしているという。父親としては息子の無事を確認したいということだが、キリオスの目的は情報収集で、有意義なネタを仕入れてきてくれていた。

ざっと記憶を辿るに、今から約三年後に、ミハイルが青薔薇の痣を根拠として、第二皇子であると名乗り出る。その際、宰相が、十数年前、第二皇子が誘拐されたという事実を公表したのだが、それについて俺はキリオスと会話をした記憶があった。

『本当に第二皇子は誘拐されたのか？　そもそも第二皇子が生まれていたなんて、初耳なんだが』

適当に話を作ったのではないかと聞いた俺にキリオスは、

『私も気になって父に聞いたんですが、誘拐は事実だそうですよ』

と教えてくれたのだった。

『第二皇子の母親が皇后付のメイドで、皇后は嫉妬に狂って手がつけられなくなったとか。それで公表を避けたという話です。皇后に気を遣ったというよりは、彼女の実家の公爵家への配慮でしょうが』

『誘拐にも皇后や公爵家がかかわっていた可能性が高そうだな』

第二皇子の誕生を公表しなかったのは、すぐにも命を落とすことになるとわかっていたためかもしれない。予想どおり、誘拐され行方知れずとなったが、皇后は命を奪ったつもりでいたのではないだろうか。

生かしておけば青薔薇の痣が出現するとわかっていただろうから——というのは現段階では推察でしかない。だがあの少年が第二皇子であることの確実性には自信があった。俺が人の顔を見間違うなどあり得ないからだ。そうでなければギルド長など務めていられるわけがない。

未来を知らないキリオスは未だ、俺の言葉を信用しきれていないようだった。が、父親から話を聞けば納得もするだろう。それに彼は何があろうと俺への忠誠を誓った男だ。不本意と思いつつも指示に背くことはない。

そうこうしているうちにキリオスはスープを仕上げ、俺も肉を焼き終えた。

「ちょっと呼んでくる」

第二皇子は一体風呂で何をしているのか。まさかいらないところを洗っているわけではないだろうに、と思いつつ、俺は彼を迎えに浴室へと向かった。

「大丈夫か？」

のぼせているという可能性もあるか、と案じ、声をかけつつドアを開ける。

「あの……大丈夫です……」

消え入るような声で答えた彼は、俺が貸したシャツを身につけていた。すらりとした脚が長い裾から伸びていて、さぞ男色のケがある男たちの劣情をそそることだろうと納得する。

立ち方かな。相手を誘うやり方をとことん仕込まれたのではなかろうか。哀れな話だとらしくもなく同情していた俺に第二皇子が、

「あの……」

とおそるおそる声をかけてきた。

「ん？　なんだ？」

そうだ、まだ彼の名を聞いていなかった。第二皇子とわかっていたので名乗られずとも知ってはいるが、いきなり名前を呼びかけたらさすがに警戒されるだろう。

とはいえ彼自身、自分が皇族であると知っているかは今のところ謎だが、と、俺は目の前の少年を見つめた。少年もまた俺を見返してきたが、恐ろしいのか視線が泳いでいる。

「……旦那様、僕はこれから何をすればいいでしょうか」

食堂に来いと言ったのを忘れたのだろうか。

「食事だ」

「……しょくじ……」

戸惑った声を上げた彼に、まさか『食事』の意味がわからないわけではないよな？　と心配になり問いかける。

「ご飯を食べてもらう。腹が減っているだろう？」

「……あ……あの……」

どう見ても空腹そうなのにそうは言わない。まだ俺に心を開いていないからだろう。

「そうだ、名前を教えてくれ。なんて呼べばいい？」

将来、俺は彼に殺される。正確には彼の部下である『光の騎士団』の馬鹿にだが、それを回避するもっとも有効な方法は、恩を売ることではないかと思う。

百万もの金をかけて落札してやったことだけでも充分だろうが、心を開かせ、仲間に引き入れることができれば俺たちのギルドは安泰だ。他の闇ギルドが摘発されることがあっても、俺や俺の仲間たちの処刑は免れるだろう。

打算以外の何ものでもない『救いの手』ではあるが、本人にとってはありがたいものであるはずだ。アルカンになど落札されたら、どんな目に遭わされたことか。

いや――ついさっきまで俺が生きていた世界では、彼は実際そんな酷い目に遭っていた、ということか。

今を現世とするのなら、その世界は『前世』となるのだろうか。現世で俺は死を回避するつもりだが、彼にもまた『酷い目』を回避させてやる。

まずは関係の構築からだ、と笑顔を向ける。

「名前……あの……」

名乗るのを彼は一瞬躊躇った。が、すぐに目を伏せると聞こえないような声でぼそりと名前を呟いた。

「サーシャ……です」

「サーシャか。よろしく、サーシャ。俺はサマルカンドだ。もう名乗ってるよな？　サマルカンドと呼べばいい」

第二皇子の名はミハイルだった。愛称なら『ミーシャ』だろう。似た名を告げたのは敢《あ》えてなんだろうか。それとも偶然なのか。

ともかく、まずは信頼してもらい、普通に会話ができる関係になるのが必要だ、と俺は彼の肩にぽんと手を置き、顔を覗き込むようにして目を見つめると、にっこりと笑いかけた。

「は……はい、旦那様」

しかし道は遠いらしく、恐怖の色を滲《にじ》ませる瞳を彼は——サーシャは伏せてしまった。焦ることはない、ゆっくりいこう、と俺は再び彼の肩をぽんと叩《たた》くと、

「それじゃ、メシだ。キリオスのおじさんが美味《おい》しいスープを作ってくれたぞ」

と敢えて明るい声音を出し、サーシャの背を促して部屋を出たのだった。

食堂で俺とキリオスは肉を食べ、サーシャはスープを大人しく食した。

「肉も食えそうか？」

あっという間に平らげたところを見ると、相当腹が減っていると推察でき、問いかけたが、サーシャは首を横に振り俯いた。

「遠慮しているんですよ」

キリオスはそう言うと、彼の前に肉を置き、スープのお代わりを注《つ》ぐために彼の器を手に取った。

「あ……ありがとうございます。旦那様」

「キリオスです」

礼を言ったサーシャの声に被せ、キリオスが名乗る。

「『おじさん』でいいぞ。ああ、俺もな」

「ボスなら自分だけ『お兄さん』と呼ばせるかと思いました」

悪態をついてくるのはいつものことだが、場を和ませようという意図もあるようだ。やはりキリオスは頼もしいなと密《ひそ》かに感心しつつ、サーシャの身の上について、話を聞いてみることにした。

「ところでサーシャ、いくつだ？」

「あ……あの……十五歳、です」

突然の問いかけに戸惑っている様子ではあったが、『旦那様』の質問には答えねばと思ったようで、細い声でそう告げる。

「十五歳？　てっきり十二歳以下だと思ってましたよ」

キリオスが驚いた声を上げるのを聞き、サーシャはビクッと身体を震わせた。

「う、うそではありません。申し訳ありません」

「いや、怒ってないですよ、別に」

いきなり詫びられたことに驚いたようで、キリオスがらしくなく動揺しているのを横目に、俺はサーシャへの質問を再開した。

「親やきょうだい……家族はいるのかな？」

「……わかりません」

サーシャが俯き、首を横に振る。

「生まれは？」

「……わかりません……孤児院で育ちました。ここではない国の……」

サーシャの声はますます細く、語尾が震えて消え入りそうになっている。

「孤児院には何歳までいたんだ？　出たきっかけは？」

一つ一つ質問をし、答えを引き出していかないと、彼の生い立ちを知ることはできなそうだった。

「八歳までいました。孤児院を出たのは養子縁組が決まったからです」

「誰の養子になったんだ？」

養子縁組が決まったのになぜ、性奴隷としてオークションにかけられることになったのか。スープのおかわりを手に戻ってきたキリオスもまた首を傾げている。

「……僕を養子にした人は街の篤志家でしたが、裏では奴隷商人と繋《つな》がっていて、見た目がいいとされる孤児を彼らに横流ししていたんです」

「どこが篤志家なんだか。酷い話ですね」

キリオスが憤った声を上げる。それでまたサーシャは怯えてしまい、

「……申し訳ありません……申し訳ありません……」

とガタガタと震えながら謝罪の言葉を繰り返した。

「いや、あなたに怒ったわけじゃないので」

キリオスが慌ててフォローをしようとするのを制し、話を続けてもらおう、と問いを発する。

「奴隷商人というのはルノーか？」

「……い……いいえ。隣国の男です。名前は……覚えていません……」

俯いたまま、サーシャは答えたあとまた「申し訳ありません」と謝った。

「謝罪の必要はない。八歳のときならもう七年も前だ。覚えていなくて当然だ」

普通の人間は、と笑うと、サーシャは一瞬顔を上げたが、すぐまた「申し訳ありません」

と俯いた。

「八歳から今まで、奴隷商人のもとにいたのか？」

「いいえ……奴隷商人はすぐに僕を男専門の娼館に売りました。最初は下働きでしたが、幼い子供を好む客も多いということで、すぐに客を取らされるようになりました」

「え……八歳で……？」

キリオスの顔色が変わる。彼の目に怒りの焔《ほむら》を見たようで、サーシャはまた、

「申し訳ありません……っ」

と頭を下げたが、謝罪はいいから、と話の先を促した。

「キリオスおじさんはサーシャに怒ってるんじゃないから。その娼館には何歳までいたんだ？」

「十歳までです。僕は瞳が赤いのが気味が悪いとあまり人気が出なくて、それで娼館主がまた奴隷商に売ったんです」

「…………」

キリオスがやりきれないといった顔になり、俺を見る。俺もまた彼と気持ちは一緒だった。八歳のときから娼館で客を取らされたことだけでもやりきれないが、人気が出ないと本人に悟らせた上でまた奴隷商人に売られるなんて。子供の心と身体をどれだけ傷つければ気が済むのだと憤りを覚える。

しかしそれを顔に出せばサーシャは自分が俺を怒らせたと震え上がるだろうからと、無表情を決め込むと、

「それで？　その奴隷商人のところには何歳までいたんだ？」

と彼の半生の続きを語らせるべく問いかけた。

「その奴隷商人はすぐに僕を別の娼館に売りました。前のところよりその……安いお金のところに。そこでもあまり客がつかなかったので、下働きの仕事をしながら、客を悦《よろこ》ばせる術《すべ》を仕込まれました。生き残るためにはなにか特技を身につけろと言われ、必死で覚えました。それで少し、客がつくようになったんです」

そう告げたときのサーシャが少し嬉《うれ》しそうに見えるのがまた哀れだった。キリオスがキッチンへと向かったのは、怒りのやり場がなかったからだろう。

「そこでは十二歳まで、働きました。十二歳になってすぐにルノーが僕を買い上げ、彼のもとで暮らすようになりました。ルノーは僕が客にどんな目に遭わされても壊れない身体の丈夫さが気に入ったと言ってました。最高の性奴隷に仕上げてやると毎晩いろいろなことを仕込まれて……。娼館には仲間がいたけれど、ルノーのところは一人で地下に繋がれていたので、だんだん、言葉を忘れていきました。今日、いよいよオークションにかけると言われ、最初、綺麗な服を着せられたんですが、僕には全然似合わなくて。それでいつもの服に着替えさせられ、あの広い部屋に連れていかれたんです。人がたくさんいて、びっくりしました」

「……で、俺が落札し、この家にやってきた、と」

淡々と語られるような内容ではない、酷い話だ。顔が歪みそうになるのを堪《こら》え、俺はサーシャに微笑みかけた。

「はい。僕は身体が丈夫です。何をされても大丈夫です。それに、旦那様に命じられたことはなんでもやります。悦んでいただけるような技も身についていますし、できないことでも頑張ります。あ、お二人同時でももちろん、大丈夫です。五、六人、一度に相手をするやり方も学んでいます。きっとお役に立てると思います。これからどうぞよろしくお願いいたします……！」

それまでとはうってかわった必死の形相で、サーシャが俺に訴えかけてくる。先ほどの俺の『落札した』という発言で、落札額を思い出したのかもしれない。

「そこまで言うなら、やってもらいたいことがある」

恩を売って将来の保険にしようと考えていたが、そんな己の打算的な考えに罪悪感を覚えるほど、サーシャの境遇は哀れだった。それなら、と俺は彼へと身を乗り出し、怯えた目で俺を見つめる彼に、にっこりと微笑み口を開いた。

「まずは飯を食え。そしてゆっくり眠れ。落ち着いたらこの先何をやりたいか、考えるといい。それが俺の命令だ」

「……え……？　あの……」

サーシャが戸惑った顔になっている。まずは長年の経験で染み付くことになった奴隷根性から脱却させてやらねばと俺は心の中で呟くと、相変わらず心細げな瞳を向けてくる彼に向かい、大丈夫だ、と頷いてみせたのだった。

3

サーシャに飯を食わせたあと、彼を寝かせる場所をどこにするかと考え、今日は俺のベッドで休ませることにした。俺はキリオスと飲み明かす予定だったからだ。

「ここにはベッドはこれ一つしかない。明日にはお前の部屋を用意するから、今夜だけここで寝てくれ」

そう言い置き、部屋を出ようとした俺の背に、

「あの……」

というサーシャの細い声が届いた。

「ん？」

なんだ？　と振り返り、ぎょっとする。というのもサーシャがいつ脱いだのか、真っ裸になって跪《ひざまず》いていたからだ。

「な……」

「ご主人様、なんでもお命じください。得意なのはおしゃぶりです。身体の隅々まで舐《な》めさせていただけたらこの上なく幸せに感じます」

「……そんな奴はいないだろうに」

いや、いるのか？　たとえいたとしても、サーシャにそんな性嗜好があるとは思えなかった。というのも彼の顔は引《ひ》き攣《つ》っていたし、身体はぶるぶると震えていたからだ。

「正直に答えるんだ。ちっとも幸せじゃないだろう？」

これは命令だ、と少し厳しい声を出すと、サーシャは泣きそうな顔になった。

「あ……あの……」

「おっさんの身体を舐めても別に幸せには感じないだろう？　どうだ？　知りたいのはお前の本心だ。俺がどんな答えを望んでいるかを考える必要はない」

ここまで言えば、正直なところを語るだろう。その期待は裏切られることはなかった。

「……はい……幸せではありません……」

「俺もお前に舐められたいとは思わない。お前に望むことは、お前がゆっくり眠ることだ。わかったな？」

「あの……ご主人様……っ」

立ち去ろうとした背に、またもサーシャの叫びが届く。

「なんだ？」

「首輪をしなくてもよいのですか？　僕はあなたの奴隷です」

「あー」

首輪をしていることが奴隷の証明となる。外しておけば逃げられても文句は言えない。逃げるつもりであれば、こんなことを奴隷側から言うはずがない。まあ、逃げるなら逃げてもらってもいいのだが、と思いながら俺は、

「必要ない。ゆっくり寝ろよ」

と微笑み、今度こそ部屋をあとにした。

「ボス」

居間ではキリオスが酒の用意をして待っていた。沈鬱な表情を浮かべているのは、サーシャの身の上に同情しているからだろう。

「寝ましたか？」

「どうだろう。早く眠ってほしいよな」

肩を竦めた俺に酒を手渡しながら、キリオスが憤った声を上げる。

「信じられないですよね。八歳のときから性的な虐待を受けていただなんて。人間の所業じゃないですよ、まったく」

「ルノーに買われてからの三年間が特に酷い。奴が手放す気になったことは彼にとっては幸運だったな」

「消しますか」

ルノーめ、と金を手に満足げな笑みを浮べていた顔を思い出し、舌打ちする。

実際キリオスが人を殺《あや》めたことはない。計画を立てるだけだが、今の彼はすぐにも剣を手に取りそうな顔をしていた。

「おいおいな。一番奴にとって痛手となる計画を立てる必要があるから」

俺がそう言うとキリオスは、

「お任せください」

と胸を張ったあと、眉を顰《ひそ》め声を落とした。

「しかしボス、あの子供が本当に第二皇子だとしたら、とんでもないことになりますね」

「ああ。彼がいた娼館ばかりか、客も一人残らず口を塞がれることになるな」

畏れ多くも皇帝の血を引く人間に性的虐待を加えたのだ。死罪となることは間違いない。公に裁かれるより前に、事実を隠蔽するために抹殺されることだろう。

「……ああ、そうか」

納得した声をつい上げてしまったのは、前世でその役を果たしていたのが『光の騎士団』だったのではと気づいたためだった。

第二皇子は顔を隠していたが、それは己の過去を知る者の目を逃れるためだったのだろう。過去を知る人間を一人残らず殺したあとに、兜を脱いであの端整な顔を晒《さら》すつもりだったのかもしれない。

いや――『一人残らず』消すことは不可能だ。娼館で同じように客を取らされていた子供も殺さないとならなくなる。やはり一生、顔は隠して生きるつもりだったのかもしれない。

今世では彼はどうするのだろう。できればあの綺麗な顔を堂々と晒して生きる道を見つけてほしい。

「ボス？」

キリオスに訝しげに呼びかけられ、いつしか一人の思考の世界に遊んでいた俺は、はっと我に返った。

「いや、悪酔いしそうだな、今日の酒は」

「ボスの目的はなんだかまだわかっていませんが、あの子を救い出すことができてよかったですよ、本当に」

しみじみと告げたキリオスは心底安堵しているように見えた。自分が子供の頃、何度も殺されかかっているだけに、子供が危険な目に遭っているのを見ると捨てておけないのだ。

いっそ彼にサーシャの世話を任せるというのも手だな、と思いつき、提案してみようかと考えるも、俺と同じく未婚の彼に面倒ごとを押し付けるのも申し訳ないかと思い直す。

「まともな教育を受けていないでしょうから、まずは一般常識から教えていくことになりそうですよね」

「そこは任せる。身体が丈夫と言っていたので剣術でも教えるか。自分の身は自分で守れるように」

「そっちはボスに任せます」

キリオスはそう告げたあと「しかし」と考え込む様子となった。

「なんだ？」

「ここは子供を育てるのに適した場所とは言い難いですよね」

思慮深い顔をした彼に言われるまでもなく、俺にも当然その自覚があった。

「ああ、そうだよな」

「養子縁組の仲介でもしますか？　信頼できる夫婦を探せということならすぐに動きますが」

「やはりそれがいいかね……」

サーシャのことを思えば、犯罪組織の中で育つよりもごくごく当たり前の家庭で生活させるほうがいいに決まっている。しかし彼自身が『当たり前』の子供ではないのだ、と、首を横に振り、口を開いた。

「彼が第二皇子だった場合は、我々が保護していたほうがいい。預けた夫婦の身にも危険が及ぶことになるだろうから」

「そもそも第二皇子が存在するかどうかも明らかじゃないってわかってます？」

低すぎる可能性を考える意味があるんですかね、とキリオスには呆れられてしまった。

「第二皇子か否かはそのうちにわかる。青薔薇の痣が出現するだろうから」

「ボスの勘を信じるならね」

確率は低そうですがねと、キリオスの発言がますます失礼なものになる。納得はできるので怒る気はないものの、前世と同じであれば、サーシャに痣が出現するのは三年後か、と気づき、今後三年間、馬鹿にされ続けるのはさすがにムカつくかもなと苦笑した。

三年――改めて考えると結構な時間である。

やはり『家族』を探してやったほうがいいかもしれないなとグラスの酒を呷《あお》る。三年もの間、彼と共にいる自分が想像できなかった。

「我々も決して世間様に胸を張れることをしているわけではありませんけど、非道なことをする人間がこうもいるかと思うとやりきれませんよね」

少し酔ってきたのか、キリオスの顔が赤く、呂律《ろれつ》が怪しくなっている。感情を抑えられなくなってきたのか、彼の瞳は潤んでいた。

「ボスは弱者を痛めつけるようなことは絶対しない。悪どい奴は容赦なく叩きのめしますし、金も奪いますけど。だから僕はボスについていこうと思ったんです」

キリオスは普段『私』というが、気を許した場面では時折『僕』が出る。彼の頭脳は帝国一といえるほど優秀であるので、参謀として側に置くことができたのはギルドのためにもありがたかった。

命を救ったのは偶然で、自分としては左程危険を犯したわけでもなく、労力を使ったということもない。死なずにすんだことで本人が感謝の念を抱くのはまあ、納得できるとはいえ、その後の彼の働きを思うと、恩義の分は充分元を取り返したのではないか。

それでも彼が俺の側にいてくれるのは、そんな思いからだったと期せずして知らされ、なんとも擽《くすぐ》ったい気持ちになった。俺も相当チョロいなと苦笑する。

「おっさんから告白されてもなあ」

それでふざけたのだが、酔っているキリオスは本気でムッとしたようで、

「まだ二十代ですよ、僕は。おっさんはボスでしょう？」

と言い返してきた。

「あの子供からしたら俺もお前も同じようなもんだろう」

「……それはそうでしょうけれど……」

否定はできなかったようで、キリオスはぶつぶつと呟くようにして同意したあと、俺をじっと見つめてきた。

「なに？」

「本当になぜ、あの子を連れてきたんです？」

「第二皇子だと思ったから」

嘘ではない。第二皇子に恩を売り、三年後のギルド壊滅を避けるためだ。

ふと、もしあの子供の命を奪えば、三年後に自分たちを処罰しに来ることはなくなるのか、と気づき、今更か、と俺は一人笑ってしまった。

「笑ってるってことは、嘘なんですね？」

キリオスに突っ込まれ、いや、違うと首を横に振る。

「本当だよ。俺の勘はよく当たる。親父さんから何を聞いても驚くなよ？」

「あの子供に同情しただけじゃなく、一目惚《ぼ》れしたから……ってことではないですか？」

と、いきなりキリオスが意外すぎる問いかけをしてきたので、俺は驚いて思わず彼をまじまじと見つめてしまった。

「や……やめてくださいよ、そんな……」

キリオスの容姿は抜群に整っているのだが、本人は自分の顔を好きではないらしい。母親似の女顔を揶揄われてきたからとのことだったが、人から顔を注目されるのを嫌がるのだ。

揶揄うためではなく、特に女性は見惚れているだけだと言ってやりたいが、その機会はなかった。今、言ってやるかと半ば揶揄も込め、彼に笑いかけた。

「いい男の顔に見惚れているだけだ。ああ、一目惚れしたわけじゃないぞ。お前にも、あの子にもな」

そしてきっちり、サーシャを連れてきたのは色恋沙汰でも性的欲望からでもないと宣言をするのも忘れない。

「……わかりました。ボスの勘を信じますよ」

やり込められたのが悔しいのか、キリオスはぶつぶつ言っていたが、酔いが回っているせいか彼の顔は赤いままだった。
「必要なものを買いに行ってきます。まずは服ですよね」
気を取り直した様子で話題を変えた彼に、俺は「そうだな」と頷いたあと、十五歳のとき
に必要だったものとはなんだ？　と考え、キリオスにも聞いてみることにした。
「自分が十五歳のとき、何がほしかった？　本か？　剣か？」
「十五歳……もう『おっさん』なのでそんな昔のことは覚えてないですが……」
キリオスもきっちり嫌みを返してきたあと、考えるように黙り込む。
十五歳のときの自分は、決して恵まれてはいなかった。が、サーシャのように虐待されて
いたわけではない。一番欲しかったのは当然金だったなと、昔を思い出していた俺の耳に、
キリオスの呟く声が届いた。
「……友人……ですかね。信頼できる」
「………」
宰相の息子であるから、十五歳の彼は生活には困っていなかった。生活面では恵まれてい
ても、一人として信頼できる人間が近くにいなかったという状況は決して『恵まれた』もの
ではない。
「なってやってくれ。年の差を超えて」
手を伸ばし、キリオスの肩を叩く。

「向こうから拒否されないといいんですけどね」

キリオスもまた苦笑したが、その笑みの向こうに俺は、十五歳のときに抱いていたであろう寂しさの欠片《かけら》を見出し、なんともいえない気持ちとなったのだった。


朝まで飲み明かしたあと、キリオスは家に帰っていった。俺は頭をスッキリさせるためにシャワーを浴び、服を取りにサーシャの寝る部屋へと向かった。

「お、おはようございます……」

まだ相当早い時間だったのに、サーシャは俺が部屋に入るとベッドから飛び起きただけでなく飛び降り、俺に向かって深く頭を下げた。

「寝ているといい。どうだ？　よく眠れたか？」

相変わらず彼の顔色は悪かった。初めての場所では眠れなかったかもしれないなと案じ、問いかけると、サーシャは頭を下げたまま、

「眠れました」

と細い声で告げ、おずおずと顔を上げた。

「あの……」

「なんだ？」

「ご奉仕させていただけますか？」

問いかけてきた彼の目が、俺の裸の胸に注がれている。シャワーを浴びたあと、タオルを腰に巻いただけの姿だったが、それで誤解をされたらしい。

「お前に奉仕されるためにきたわけじゃない。服を取りにきただけだ」

「も……申し訳ありません……っ」

はっとした顔になったあと、青ざめ、何度も頭を下げるサーシャの様子は、とても平常心で見ていられるものではなかった。

「子供は何も気を遣う必要はないから。昨日も言ったが、これからお前は自分の『したいこと』を見つけるんだ。さあ、朝食にしよう。先に食堂に行っていてもらえるか？　その前に顔を洗いたければそうするといい」

「か、かしこまりました……」

か細い声で返事をしたサーシャは未だ青ざめてはいた。が、表情を見ると安堵の色が窺《うかが》え、ほっとする。

誰かに預けるにしても、『ご奉仕』などという発言をしないところまでは面倒をみる必要がありそうだ、とサーシャのいたいけな顔を思い出しながら俺は手早く服を着ると、彼に朝食を食べさせるためにキッチンへと向かった。

その日、ギルドは臨時休業とし、今まで物置として使っていた小部屋を片付け、サーシャの部屋とした。大量の服や本、それにおもちゃを調達してきたキリオスにサーシャの相手は任せ、俺は彼の寝台を購入するため街に出た。

今は子供用の寝台でも充分だが、三年後の姿を思い描くに、やはり大人用を購入したほうがいいだろうとそちらを選択しアイテムボックスに入れる。

俺は魔法使いではないので魔法を使うことはできないが、魔道具にはちょっとうるさいのだった。新製品が出ると必ず試す。知り合いの魔法使いに、こういう製品を作ってほしいと依頼することもよくあり、自慢ではないが結構な人気商品となったものがいくつもある。おかげで魔法使いとの関係は良好で、この便利なアイテムボックスも安価で譲ってもらったのだった。

自分で魔法を使えなくても、魔道具があれば同じ効果が見込める。魔道具は高額なものが多いが、趣味と実益を兼ねているので、頻繁に買うことを金庫番もしてくれているキリオスは嫌な顔を少しするくらいで認めてくれていた。

にしても、と、俺は、キリオスがサーシャのために購入したおもちゃを思い出し、吹き出しそうになった。おもちゃって。十五歳だとわかっているだろうに、見た目が幼いから買ってやろうと思ったのだろうか。

八歳の頃から性奴隷として生きてきた彼は、今までおもちゃで遊んだことがないのではという気遣いかもしれないが、それにしても、積み木やボールで彼が果たして楽しく遊べるだろうか。遊び相手をしているキリオスの姿を想像し、またも俺はつい、笑ってしまった。

ギルドに戻ると、疲れた顔をしていたキリオスが、

「おかえりなさい、ボス」

と迎えてくれた。彼の後ろにはサイズのあった服を着たサーシャがいて、か細い声で、

「おかえりなさいませ」

と挨拶《あいさつ》し、頭を下げてくる。

「似合うじゃないか。その服」

それにしても細すぎる、と俺は、彼の細い首やシャツの袖から覗く腕を見やり、心の中でそう呟いた。

「読み書きは一応できるそうです。本もなんなく読みました。私が買ったものはちょっと簡単すぎたようなので、明日、新しい本や教材を用意します」

「お疲れ。悪いな」

キリオスにとっては完全な『業務外』の仕事となる。にしてもなぜそうも疲れているのか、と気になっていたのがわかったのか、キリオスが声を潜め俺の耳元に囁《ささや》いてきた。

「お礼にしゃぶらせてほしいというのをなんとか断ったところです。ボスも私もお礼などいらないといくら言ってもわかってもらえなくて難儀しました」

「……お疲れ。悪かったな……本当に」

俺に『奉仕』を断られたから次はキリオスに掛け合ったということか。彼にとって性的な行為は好んでするものではないはずだ。なのになぜ、そうもやりたがるのだろう。

まあ、サーシャの身になってみればわからないこともなかった。百万もの金で買われたというのに、何もしないわけにはいかないと、そう思っているのではないか。

となると、何か『すること』を与えてやったほうがいいのだろうか。しかし何をやらせるかなと考え、そうだ、と一つ思いつく。

「サーシャ」

呼びかけるとサーシャは、びく、と身体を震わせたあとに、

「はい。ご主人様」

と俺の前で頭を下げた。

「俺がお前に何をさせるつもりで落札したか、説明しよう」

「……っ」

俺の言葉を聞き、サーシャの身体は先程より大きく震えたが、彼が顔を上げることはなかった。

「ありがとうございます。なんでもやります」

「ギルドの顔になってほしい」

「…………」

どうやら意味がわからなかったようで、サーシャがその場で固まった。

「顔？」

キリオスもまた戸惑ったように俺を見る。

「ああ。サーシャの美貌には集客力が見込まれる。キリオスもそう思うだろう？」

「なるほど。そういうことだったんですね」

キリオスが納得した声を上げたのは、『サーシャの美貌』についてではなかった。俺の意図がわかったという意味だ。

「確かに彼を『顔』にすればギルドの繁盛は間違いなしでしょう。しかし顔だけで務まるものではない。そのためにこれから教育を施すと、そういうことですね」

「ああ」

やはりキリオスほど頼りになる男はいない。今の説明を聞けばサーシャも心置きなく教育を受ける気持ちになるだろう。

「……顔……」

しかしサーシャの反応は鈍かった。ぽつりと呟いたあと、不安そうな表情となり俺を見つめてくる。

「どうした？」

「……お役には立てないかもしれません……」

「なぜ？」

問い返してすぐ、理由に思い当たった。が、そのときにはもう、サーシャが口を開いていた。

「……性奴隷だったことがすぐに知れ渡るのではないかと……多くのお客様の相手をしてきましたから」

「今すぐの話じゃない。ギルドの『顔』になるために学んでもらうことは山ほどある。人前に出るのはそうだな、二年……三年は先の話だ」

「……三年……」

サーシャがぽつりと、俺の言葉を繰り返す。

「その頃にはお前も成長して体格も顔も変わっているだろう。気になるのなら、人前に出るときは瞳の色を変えることもできる。魔道具でな」

「え⁉　瞳の色を……？」

相当驚いたのか、サーシャは今まで聞いた中で一番大きな声を上げた。

「数時間色を変えられる目薬もありますし、瞳に被せて色を変える魔道具もあります。顔も魔法で変えられますよ」

横からキリオスがフォローを入れてくれる。

「……それなら……大丈夫……なのでしょうか……」

自信なさげに俯いてはいたが、表情は暗くなかった。性奴隷をしていたからギルドの『顔』にはなれない、と理由を告げた彼に対し、本人の口からそんなことを言わせてしまったと後悔していた俺は、その顔を見て密かに安堵の息を吐いたのだった。

「ああ。心配する必要があるのは、三年でどれだけのことを学べるかだ。明日からキリオスおじさんが勉強を、俺が剣術を指導する。二人ともどちらかというとスパルタだからな。覚悟するように」

冗談めかして言いはしたが、実際、キリオスの指導は厳しいのだった。今から一年後――いや、二年後か？　ココが彼の授業に耐えられず、何度も脱走していたことがそれを物語っている。

「はい……」

最初、震える声で返事をしたサーシャが、ごくりと唾を飲み込んだあとに、

「はい……っ」

と力強さを感じさせる声を出す。彼の瞳にもまた強い光が灯《とも》っており、奴隷根性からの脱却の第一歩を無事に踏み出させることができたと、俺もまた微笑むと、

「頑張れよ」

と手を伸ばし、彼の頭を撫《な》でてやった。

「……っ」

不用意に触れたからか、サーシャがビクッと身体を震わせ、その場で固まる。

「もう子供じゃないもんな。悪い悪い」

ここは鈍感なふりをしたほうがいいだろう。何も気づいていない体を装い、俺は彼に詫びると、側を離れることにした。キリオスがあとを追ってくる。

「ありがとな」

先に礼を言っておこうと振り返るとキリオスは、

「たいしたことはしてないですよね」

といつもの憮然《ぶぜん》とした顔で答えて寄越した。これは彼の通常営業なので機嫌を取る必要はない。

「瞳の色を変える目薬、すぐに手配できるか？」

使うのは三年後でいいと思っていたが、すぐにも赤い瞳を隠したいという願望があるように感じたため、そう問うと、

「明日にでも」

とキリオスは即答したあと、やるせなさげな溜め息を漏らした。

「しかしボス、考えましたね。さすがと思いましたよ」

「褒めても何も出ないぞ」

苦笑する俺にキリオスが肩を竦める。

「残念」

「なんだ、やっぱり期待してたのか」

ふざけ合ったあと俺たちは互いの肩を叩き、頷き合った。サーシャに人として生きる術を教え、明日への希望を抱かせる。それを目標に頑張ろう、という決意表明をしたのである。

それにしても、と俺はサーシャの震える肩を思い出し、密かに首を傾げた。彼が第二皇子であることは間違いないと確信している。だがたった三年で人はああも変貌するものだろうか。

容姿に関しては、ちょうど成長期でもあり、身長が伸びたりがたいがよくなったり、ということはあり得るだろう。しかし内面に関しては疑問が残る。

性奴隷として生きるしかないというように叩き込まれている彼の中身を前世で変えたのはなんだったのだろう。少なくとも俺は関与していない――当たり前だ――が、誰か救いの手を差し伸べた人間がいたのだろうか。

それとも自力で克服したのか。青薔薇の痣の出現が彼の運命を変えることになったのだろうが、それまでの間、彼はずっと地獄のような日々を過ごしていたのだろうか。肉体的にも精神的にも――想像するだけで痛ましい、といつしか唇を噛んでいたことに気づき、息を吐く。

「ああ、そうだ。明日、親父に会ってきます。時間が取れると連絡がきたので」

キリオスに話しかけられ、俺はいつしか彷徨っていた一人の思考の世界から立ち戻った。

「ああ、頼んだぞ。そうだ。サーシャの姿を魔道具で隠し撮りしよう」

「……どんな答えが返ってきてもがっかりしないでくださいよ?」

俺がサーシャを第二皇子と確信していることが、キリオスには不思議で仕方ないようだ。

もしも宰相である彼の父もまた第二皇子の存在を知らなかったら、キリオスからはとんだ勘違い野郎という結論が下されるだろう。

たとえそうだとしても、三年もすれば青薔薇の痣が出現し、彼が第二皇子であることが明らかになる。それを待てばいいだけのことだと一人頷く俺の頭には、はじめて力強い声で返事をしてくれたサーシャの決意に燃えた赤い瞳が浮かんでいた。

4

翌日、キリオスが父親に会いに行き不在となるので、サーシャの世話は俺の役目となった。

ココでもいれば、サーシャの世話を任せるだけでなくいい話し相手にもなれるのだが、彼がこのギルドの前で行き倒れているのは今から一年後になるので、望むだけ無駄である。

ココ以外、キリオスにしか生活空間への立ち入りは許していなかったので、サーシャがここにいる限りは、世話は俺の役目となる。

ギルドの外に住居でも借りてしばらくはそこに住み、下働きの人間を雇うというのも手だなと思いつつ、少なくとも今日、彼の世話を担当するのは俺だと、目の前で食事をするサーシャを見やった。視線を感じたのか、サーシャが顔を上げる。

「美味いか？」

少しは環境の変化に慣れたのか、はたまたギルドの顔になるという目標ができたからか、サーシャの表情は明るくなっており、食欲も出てきたようだった。

「はい。あの……ご主人様」

いや、まだまだだったか、とまずは呼び名を変えさせることにする。

「何度も言ってるが、俺の名前はサマルカンドだ。名前を呼ぶのに慣れなかったら、そうだな、『ボス』と呼んでくれればいい」

正確には彼はまだ俺の部下というわけではないので『ボス』ではないのだが、『ご主人様』と呼ばれるよりはずっといい。

「……わかりました。あの、ボス」

名前よりはずっと呼びやすかったらしく、サーシャはすぐにそう呼び変えた。

「なんだ？」

「……この家の掃除や洗濯は僕にやらせてもらえませんか？」

思い詰めたような顔でそう申し出てきたサーシャに、どう答えようかと一瞬迷っている間に、彼が慌てた様子で言葉を足してくる。

「りょ、料理もやりたいのですが、やり方を知らないのです。教えていただけたらすぐにもやらせてもらいます」

「そうだな。勉強しながら普通に生活するのに必要なこともいろいろ学んでいくといいかもな」

八歳のときから性奴隷だったことを思うと、『普通の生活』とはどういったものなのかがまずわからないだろう。幸いといっていいか、自分が第二皇子だと自覚するまで三年ある。それまでに馴染《なじ》ませてやればいいのだと俺は彼に頷いてやったあと、ふと、『自覚』はないんだよな？　という引っ掛かりを覚えた。

「サーシャ」

「はい、ボス！」

呼びかけるとサーシャが居住いを正し俺を真っ直ぐに見つめてくる。曇りのないまなことはこのことか、と赤い瞳を見返すと俺は、確認のため問いかけた。

「自分がどこの誰ということはわかってないんだよな？　たとえば親が誰かとか、生まれは貴族とか」

「……はい。孤児ということしか。あと、貴族ではないと思います。この国の人間でもないんじゃないかと……」

「それは瞳の色のせいでそう思うのか？」

貴族どころか皇族なんだが。皇帝が赤い瞳の持ち主であることは帝国民なら誰でも知っている。一度として皇帝の子供ではないかと疑われたことはなかったのかと、それも聞いてみたくなり、話題をそちらに振った。

「はい……気味が悪いとよく言われました。この国では皇帝陛下くらいしか赤い瞳の持ち主はいないから……」

「皇帝の血筋ではないかと疑われたことは一度もなかったのか？」

顔も似ている。が、そもそも普通に生活していたら、庶民が皇帝の顔を知る機会もないか、と思いつつ問いかける。

「はい……一度も……」

「客……いや、相手をさせられた中に、貴族はいなかったのか？」

貴族であれば皇室主催の舞踏会などで皇帝の顔を見知っている人間も多いだろう。それで問うたのだが、サーシャの答えを聞き後悔した。

「……貴族のお客様に選ばれたことは一度もありません。貴族が選ぶのは煌《きら》びやかな少年奴隷で、僕のようにみすぼらしい奴隷は一顧だにされませんでした」

「そうか……」

慰めの言葉をかけようかと一瞬思ったが、どうせ決別させる過去の話だと考え直す。それより、と気になったことがあり、そっちを確かめることにした。

「そもそも貴族が来たときには、部屋かどこかに隠されていたんじゃないか？」

「……いえ……特にそのようなことは……」

もしや、娼館の主は彼が皇族である可能性を考え、皇帝の顔を知っているであろう貴族の客を遠ざけていたのではと思いついたからだが、そうではなかったらしい。しかし彼の容姿は抜群に整っているのは間違いない。ちゃんと食事をさせて年相応の見た目とさせた上で、綺麗な衣装を着せれば一番の売れっ子にもなれただろうに、娼館主も客も、見る目がないことだ、と内心呆れながら俺は、この不愉快な会話を打ち切った。

「まあ、昔のことはどうでもいいか。悪かったな、嫌なことを思い出させてしまって」

「とんでもないです」

謝罪した俺に対し、青ざめながら恐縮してみせる。彼が軽口を叩けるようになるにはどのくらいかかることかとこっそり肩を竦めた。

食事を終えたあと、彼に剣の稽古をつけるのに、まずは剣を与えるかと、武器庫に向かうことにした。武器庫への立ち入りは俺以外はキリオスにしか許可していない。

よさげな剣を俺が選び、与えてやろうかと思ったが、彼との人間関係を構築するには、特別扱いがいい手かと思いついたのだった。

「サーシャ、よく聞け。これからお前を武器庫に連れていくが、そこは俺とキリオス以外、立ち入ってはならない場所だ。だが俺はお前を信頼しているので連れていく」

嫌みなくらい恩着せがましい言い方になってしまったが、『特別感』を出すにはこの程度の大仰さが必要だ。

「僕を……？　信頼してくださっているのですか？」

サーシャがおずおずと問いかけてくる。瞳が揺らいでいるのは、信じがたいと思っているからだろう。

「ああ。信頼している。お前は素直ないい子だからな。さあ、剣を選びに行こう。俺の勘だが、お前は剣の達人になれると思うぞ」

実は勘でもなんでもなく、三年後にそうなっている未来を知っているからだ。そういえば彼はどこで剣術を習ったのだろう。娼館から救い出してくれた人間がいたのだろうか。ああ、もしかしたら彼の持つ『能力』が剣術だったのかもしれない。そんなことを考えながら俺は秘密の入り口へと向かい手をかざして扉を開いた。

「ここがウチのギルドの武器庫だ。魔道具もここに入っている。剣を持ったことは？」

「……ありません」

相変わらずサーシャはおどおどしていた。だが子供らしく、好奇心旺盛に薄暗い室内を見回している。

「まだ体力がついていないから、軽い剣がいいな。まあ、訓練は木刀で行うんだが」

そうだ、と思いつき、最近入手した小振りの剣を手に取る。

柄《つか》に魔石を嵌《は》め込む場所があり、入れる魔石によって瞬発力や破壊力が倍増するというものだった。魔道具の一種なのだが、量産が可能ならいい商売になると、見本に一本入手したのだ。

量産するには大勢の魔法使いが必要とわかり断念した。彼らへの報酬は高額でとても採算がとれないとわかったからだが、それがわかるのが今から一年後のこととなる。

結局前世ではこの剣はどうしたんだったか。武器庫に放置したままだったような、と思い出しつつ、剣をサーシャに示した。

「これとかどうだ？　軽いし、魔石を入れれば能力を高めることができる。今は入っていないがな」

「……あ……りがとうございます」

礼を言ったが、サーシャの目は相変わらず泳いでいた。

「気に入らないか？」

「いえ。そんな凄《すご》い剣を僕が使っていいのかなと……」

要は遠慮だったらしい。

「それに……」

遠慮は不要だと言おうとするより前に、サーシャが俯き、おずおずと言葉を続ける。

「剣など持たせていいのですか？　僕がその剣であなたを傷つけるとは考えないのですか？」

「舐めてもらっちゃ困る」

そんなことを気にしていたのかと呆れると同時にやるせなさを覚え、またも俺は大仰な演技をすることとなった。

「剣術の腕前に関しては自信がある。剣を握った経験のないお前に傷を負わされるようなことには万が一にもなり得ないから安心するといい。それに言っただろう？　俺はお前を信頼している。お前は俺の信頼を裏切るつもりなのか？」

「いえ……！　いえ！　決して裏切りません！　生涯、ボスに尽くします！」

はっとした様子となったあと、必死の形相でサーシャが訴えかけてくる。

「はは。なら問題ない。どうだ？　気に入ったか？　気に入らなかったら他の剣を持ってくる」

さあ、と剣を差し出すと、サーシャは手を伸ばし、ようやくその剣を受け取った。

「……軽い……」

想像していたより軽かったようで、ぼそ、と彼の唇から呟きが漏れる。

「ああ。それならすぐにお前でも振れるようになると思うぞ」

「……ありがとうございます。これにします」

サーシャが顔を上げ、俺を見る。彼の顔に笑みがあることで、胸に安堵とある種の達成感が芽生えてきて、なんとなく笑ってしまった。

「剣を使えるようになったら魔石を入れてみるといい。さて、剣も決まったし、稽古に入るとしようか」

「はい……！」

サーシャが元気よく返事をする。彼の目は今、キラキラと輝いていて、子供らしい表情を浮かべるその顔を前に俺はまた、なんとなく笑ってしまったのだった。

一回目の剣術の稽古は、『稽古』の段階まで進まなかった。サーシャの体力がなさすぎたのだ。

　このギルドの地下には剣術の練習場もあり、そこでときどきキリオスと鈍った身体を鍛え合ったり、破壊力の大きな魔道具の実験をしたりしているのだが、その練習場の中を三周走ることすらサーシャはできなかった。

　閨では何をされても壊れない頑丈な身体と言われていたというが、体力はさっぱりのようである。

「気長にいこう。よく食べてよく寝れば、すぐに年齢相応の体格になれる」

　取り敢えずは筋力を上げることだと体操を命じたが、それもすぐに息が上がってしまい、ろくにできなかった。

　柔軟体操だけは得意のようで、身体の柔らかさに驚愕《きょうがく》したが、理由に思い当たり陰鬱な気持ちになった。

　もう少し体力をつけてからのほうがいいんだろうかと思いつつ稽古を切り上げ、生活スペースに戻る。と、ちょうどキリオスが帰ってきていて、話したそうな素振りをした。

「風呂に入ってくるといい。疲れただろうから部屋で少し休んでおけ。飯ができたら呼んでやるから」

サーシャのいる前でできる話ではないだろう。彼を部屋に追いやると俺は、早速答えが出たのだろうかと期待しつつ、キリオスと向かい合った。

「聞いてきましたよ。親父も第二皇子の存在は知りませんでした」

「そうか……」

宰相が知らないとは正直、想定していなかった。いよいよ三年後を待つしかなくなるかと溜め息を漏らしそうになったところに、

「しかし」

とキリオスが話し出す。

「魔道具で撮影した彼の顔を見せたら、やはり親父もボス同様、皇帝の子供としか思えないと言ってます。十五歳ということを伝えたので、十五年前の調査を始めるそうです。ああ、そうだ。青薔薇の痣は出現していないかと何度も確認されました。痣、出現してませんよね？　してたらボスがそれを言わないはずありませんし」

「ああ、まだだ」

「まだ……ね」

キリオスが苦笑し、俺を見る。

「ボスは本気で彼が第二皇子だと信じているんですね」

「ああ。親父さんもきっと信じてるぜ」

だから十五年前の調査をする気になったんだろう。そう指摘するとキリオスは、

「帝国史上最も優秀な宰相といわれる親父の判断ですから、まあ、信憑性《しんぴょうせい》はあるってことなんでしょうね」

と、不満そうにしつつもそう言い、肩を竦めた。

「もし痣が出現したらすぐに知らせてほしいと言ってました。ボスに限って第二皇子をネタに一儲《ひともう》けしようなどとは考えていないとは思うが、念の為、と」

「一儲けするつもりなら『帝国史上最も優秀な宰相』に最初に知らせるわけないだろう」

こっそりやるさ、と笑うとキリオスもまた、

「親父もそう言ってましたよ」

と笑い返したあと、心持ち声を潜め話し出す。

「ボスや私の身を案じてくれたことも勿論あるでしょうが、どちらかというと第二皇子の身を案じての発言のようでした。もしサーシャが本当に第二皇子だったら、判明した瞬間に命を狙われる危険があると」

「……まあ、そうだろうな」

現在、皇帝には息子が一人いるだけである。何度か側妃をという話が持ち上がったが、皇后の実家の公爵家が力技で取り潰してきた。第一皇子が生まれるまではそこまで狭量ではなかったことを思うと、何がなんでも自分の息子を次期皇帝にしたいと、そういうことなんだ

ろう。

サーシャのように闇に葬られた皇帝の子供はまだいるのかもしれないなと考えつつ相槌《あいづち》を打った俺にキリオスが問いかけてきた。

「奴隷商人も、それに娼館の主人も、サーシャが第二皇子という可能性を少しも考えなかったと思いますか？」

「欠片ほどでも疑っていたら、性奴隷にはしないんじゃないか？　不敬罪で死刑確定だろう？　皇族に客を取らせてたなんてことがバレたら」

「まあ、そうですよね」

納得したあと、「にしても」とキリオスが首を傾《かし》げる。

「なぜ彼は殺されずに済んだんですかね。ボスは誘拐を疑っていますが、誘拐し孤児院に預ければ成長し、いつか青薔薇の痣が出現して第二皇子とわかってしまうわけでしょう？」

「殺すように命じられていたが、さらった人間がそれを躊躇ったんじゃないか？　あとはそうだな。奴隷として育った皇子は皇位継承の対象者とはなり得ないから……とか？　いや、そうでもないのか。『能力』によっては」

例えば未来予知だったり、戦争を一瞬にして終わらせることが可能な戦闘力だったり、または聖女と同じ強大な癒しの力だったり、そうした能力が備わったとすれば、どのような育ち方をしていても皇帝になる可能性はある。この国の帝国史ではそうした皇帝が大勢いると掲載されているからだ。

今の皇帝の空間移動は、ショボい部類に入るのだが、他のきょうだいも似たようなものだったので前の皇后の第一子であった彼が皇帝の座についたのだった。

「第一皇子ってもう、青薔薇の痣が出現したんでしたっけ？」

ふと思いついたように、キリオスが俺に問いかけてくる。

「まだじゃないか？　少なくとも発表はされていない。ああ、でも一年以内には発表があると思うぜ」

第一皇子の能力が開花したのは確か、俺が死ぬ二年ほど前だった。掌《てのひら》の上に小さな光を灯すことができるという、手品かよ、というショボい力ではあったが、お披露目をおこなったとき、母親の皇后が自慢げであったことを思い出す。

「また『予言』ですか」

キリオスが呆れた顔になる。

「俺にも特殊な力が宿ったんだよ。ああ、そうだ、この力で一儲けできそうだな」

賭け事の勝敗はわかっているわけだし、大きな事件についても記憶がある。

この冬には大雪が降って食糧難となる。これも商売に使えそうなネタだとほくそ笑む俺を見て、キリオスが呆れた顔になる。

「本気で言ってるわけじゃないとはわかってますけど、あまり公言しないほうがいいですよ。

頭がおかしくなったと思われますから」

「ご忠告ありがとう。気をつけるさ」

彼の言うとおり、未来の出来事を不用意に人前で漏らすことは避けたほうがよさそうだ。正誤がまだわからない段階ではキリオスのように馬鹿にされて終わるだろうが、常に『正』であるとわかれば俺の力がいかに脅威であるかわかってしまう。

キリオスにはそのうちに、自分の身に何が起こったのか、正確なところを打ち明けることになるかもしれない。だが今ではないな、と心の中で呟くと俺は、他に何か宰相から『ためになる』話はなかったかと話題を変えたのだった。


それから暫《しばら》くの間、何事もなく日々は過ぎていった。

サーシャについては結局、第二皇子か判明するまでの間は誰にも預けず、俺が面倒を見ることに決めた。幸いなことに引き取ってひと月もすると、顔色はすっかりよくなり、おどおどとした態度も随分とマシになった。

ふた月後には料理をはじめとする家事を担当するようになった。体力もつき、木刀を使っての剣の稽古も開始した。

キリオスによる学問の教育のほうは、キリオスが舌を巻くほどの速度で知識を増やしていった。

「インクが紙に染み込むかのごとく、ですよ。まさに。知識欲に飢えていたんでしょう」

キリオスが手放しで褒めることは珍しい。ココにいたっては前世では一度として褒めたことがなかったような気がするが――キリオスの要求水準が高すぎるだけでココも充分、優秀ではあった――実際、サーシャが優秀であることは三年後の未来でも証明されていたので、俺としてはさほどの驚きを覚えはしなかった。

それからまたたく間にひと月、もうひと月とすぎていった。サーシャはもう、お礼に性的な奉仕をさせてくれと頼んでくることもなくなり、彼の顔に子供らしい笑みが浮かぶことも多くなった。ただ、三ヶ月が経った今も、サーシャは外出を嫌がった。外出だけでなく、俺とキリオス以外の人間と顔を合わせることができていなかった。

出かけよう、と誘っても、外は怖い、と尻込みする。ギルドの仲間に紹介しようとしても、やはり怖い、と躊躇った。俺のギルドに彼のかつての『客』はいないと確認済みだと言っても、サーシャは青い顔をして俯き、決して首を縦には振らなかった。

ギルドの『顔』になってもらうのには二、三年の学習が必要と言ってしまった手前、無理に彼を外の世界に連れ出したり、他人と会わせたりすることもできないかと、彼の心境の変化を待つことにしたのだが、当分の間は望めそうになかった。

「ボス、今日はボスが好きな肉料理です！」

俺やキリオスに話しかけてくるときの声は明るい。好奇心も旺盛で、手に入れた魔道具をその辺に放っておくと、

「これはなんですか？」

と目を輝かせ、聞いてくる。こけていた頬《ほお》は少しふっくらし、薔薇色に輝くようになった。色が白いのは外に出ないからで、前世では彼は兜をかぶっていたからか、死ぬ前に見たその肌はやはり真っ白だった。しかし三年後にああも逞《たくま》しく育つのだろうかと、今はまだ十五歳になどとても見えない華奢《きゃしゃ》な身体を凝視してしまうこともよくあった。それで頻繁に目が合うのだが、その度にサーシャは嬉しげににっこりと笑う。その顔を見ると俺の胸に温かな思いが——幸福感としか表現し得ない思いが込み上げてくる。どうやらサーシャに対して随分と情が移ってしまったようだ。

向こうの『情』は募らせるつもりではあった。三年後、我々のギルドだけは見逃してもらうためだが、自分もまた彼を可愛《かわい》く思うようになるとは少々意外だった。

前世でもココのことは『可愛い』と感じていたので、自覚はなかったが俺は子供の成長を見守るのが好きなのかもしれない。こんなふうに言葉として表現すると、鳥肌が立つほど薄ら寒い気持ちになるが。

前世で起こったことは今世でも必ず起こるということもこの三ヶ月でわかった。先がわか

っているのでよりよいほうへと進むことができるのはありがたいが、前世と違う選択をした場合は、その先に起こることは当然ながら前世とはまるで違った。未来を変えた、ということなのだろうが、それで何か不都合が起こることもなさそうだった。

そもそも、第二皇子と思しきサーシャを性奴隷から解放したことからして未来を変えているのだから、前世との違いにはそう神経質になる必要はないのかもしれないが、強制力のようなものが働くわけではなくてよかったと、最近漸《ようや》く安堵できるようになった。

今日は三年前と同じく、依頼人の要望を叶《かな》えるため、国境に向かうこととなった。隣国からこっそり運び込まれる魔石を横から掻《か》っ攫《さら》うというのが今回の仕事だ。

魔石は本来の持ち主の預かり知らぬところで取引が行われていたとのことで、俺に依頼してきたのはその『本来の持ち主』だった。

隣国の役人は相手がたに抱き込まれてしまっていて、まるで動いてくれないという。魔石を取り返した上で、役人と癒着している証拠も入手してほしいというのが依頼の内容で、少少手間のかかる仕事ではあるが、謝礼が奪取した魔石の半分、というので引き受けたのだった。魔道具を使うには魔石が必須となり、魔石はいくらあっても助かるものだからだ。

三年前に成功させているので、まったく不安はなかった。できるだけ手間をかけないようにと考えたが、どの手間も惜しめば失敗に繋がるとわかっているので諦める。

出発前、俺はサーシャに、しばらく留守にする旨を伝えたのだが、彼の反応は俺の予想とは違うものだった。

「……僕も一緒に行かせてください」

「え？」

あれだけ外に出るのも、そして他人と会うのも嫌がっていたというのに、どういう風の吹き回しだと驚き、すぐに答えを推察する。

「このままいなくなったりはしない。お前を捨てるようなことには絶対ならないから、安心してこのアジトで待っていてくれればいい」

安心させようとして言ったというのに、サーシャはそれを聞いて悲しげな顔になった。

「捨てられるなんて思っていません……」

「え？　ならどうして一緒に行きたいなんて言うんだ？」

今まで一歩も外に出ようとしなかったのに、と当然の疑問が口をついて出る。

「僕は……」

サーシャは何かを言いかけたが、上手く言葉にできなかったのか、俺を真っ直ぐに見つめてきた。赤い瞳が涙に潤みキラキラと輝いている。綺麗だな、とつい見惚れてしまっていたことに気づいたのは、ぽろりと涙が一筋、彼の頬を伝って流れ落ちたのを見たあとだった。

「……僕はボスと一緒にいたいんです……役に立ちたいんです……」

消え入りそうな声でそう告げた彼の瞳からまた、一筋の涙が零《こぼ》れ落ちる。連れていったと

ころで『役に立つ』ことはないだろうが、こんなふうに泣かれると置いていくのは躊躇われた。

「俺やキリオス以外にも同行者はいるが、大丈夫か？」

「……だ……大丈夫です……」

答えるサーシャの顔が青ざめている。全然大丈夫じゃないじゃないか、と苦笑すると俺は、せめて、と彼に提案した。

「瞳の色を変える魔道具を持ってくる。ああ、顔を変える仮面もあるが、それも持ってこようか？」

「い、いいんですか？」

サーシャの顔がパッと輝く。

「ああ。勿論」

瞳の色を変える目薬も、顔を変える仮面も、実は物凄く高額なものである。だが惜しむつもりはなかった。彼の笑顔が見れたのだから、と心の中で呟き、大概だな、と苦笑する。

我ながらサーシャに甘すぎる。情が移ったどころじゃないなと思いつつ、俺は彼のために目薬と仮面を取りに行くため、武器庫に行こうと彼を誘ったのだった。

5

魔石の奪取は問題なく成功し、密輸犯を帝国の役人に見つかるよう放置することもできた。彼らも自らを守るため、雇い主が誰かをすぐに明かすことだろう。

サーシャは役には立たなかったが、足手纏《あしでまと》いになることもなかった。俺が仕事をしていないときにはぴたりと側についていたが、動く必要があるときにはひっそりと離れ、部屋の隅で膝を抱えて座っている。多くの手下たちと顔を合わせることにはなったが、話しかけられればおどおどしながらもちゃんと答え、場の空気が悪くなることもなかった。

手下たちには、将来的に彼をギルドの『顔』にするつもりだと紹介した。皆驚いてはいたが、俺とキリオス、二人で教育していると説明すると、それだけ見どころがあるということかと簡単に納得してくれた。

顔を変える仮面で平凡な容姿となっていたからだろう、俺のお稚児《ちご》さんでは、といった揶揄をされることもなく、平和なうちに仕事を終えることができたのだった。

アジトに戻ったあと、サーシャはまた引きこもりとなった。瞳の色と顔を変えれば手下とも会うし外にも出るが、素顔のときには今まで同様、一歩も俺たちの生活空間から足を踏み出そうとしなかった。

そんなこんなでまたこれといった出来事がないままひと月の歳月が流れた今日、ギルドに見るからに訳ありといった依頼人が現れたのだった。

「腕のいい刺青職人《いれずみ》を紹介してほしい」

従者を装っているが貴族本人であることはすぐにわかった。顔を変える仮面を使っているようだ。帝国の貴族の顔はひととおり頭に入ってはいるが、変えられていては誰と判別できない。掠《かす》れた低めの声は特徴的ではあるが、さすがの俺も声までは把握できていなかった。

「刺青職人ですか？」

ああ、そうだ。過去、そんな依頼を受けたことがあったなと思い出す。あまり後味のいい結果とならなかったことも同時に思い出し、今世では依頼を断ることにした。

「申し訳ありませんね。ウチはそっち方面には疎いもので。他を当たってもらえますか？」

依頼人は断られるとは思っていなかったようで、戸惑った顔になったが、俺が再度、

「お受けできません。申し訳ないですね」

と繰り返すと、憤然とした様子で席を立った。

「…………」

彼が出ていった扉を暫く眺めていたが、どうにも気になり、俺はマントを羽織るとアジトを出、刺青職人たちが多く店を出している路地へと向かった。

トカゲの看板を掲げている店に入り、声をかける。

「マルコ、ちょっといいか？」

「あれ？　サマルカンド。珍しいな。どうした？」

店の奥から顔を出したのは、前世で俺が依頼人に紹介した『腕のいい刺青職人』で、名はマルコといった。

俺が知る中で最も能力が高い男で、それゆえ紹介したのだが、その後、ひと月ほど行方不明になったあと、彼の死体が河に浮く、という結末となった。

おそらくあの依頼のせいで口封じをされたのではと思われる。それだけに今世では紹介するわけにはいかないと断ったのだが、彼の腕のよさは有名なので、俺以外の人間から紹介される可能性は高いと、心配になったのだ。

「今、少し話せるか？」

「ああ、このところ閑古鳥が鳴いててね。少しどころか一日中いてくれてもいいぜ」

マルコは大柄でクマのような外見をしている。手も無骨なのだが指先は実に器用で、どのような繊細な絵柄も見事に彫り上げるのだった。

外見を裏切るのはその技術だけで、見た目どおり腕っぷしも強い。なのに前世では簡単に殺されてしまった。俺が紹介さえしなければ、と後悔の一つとなっていたのだ。

「変なことを言うと思うだろうが、聞くだけ聞いてもらえるか？」

「なんだよ。お前がそんな前ぶりをするときには碌《ろく》な話じゃないんだよな」

ぶつぶつ言いながらもマルコは、話が長くなるようなら奥から持ってきたグラスにワインを注ぎ、俺と自分の前に置いた。

「で？」

「いや、実はさっき、ギルドに腕のいい刺青職人を紹介してほしいという依頼があったんだが、どうもその依頼人が怪しくてな。俺は依頼を断ったんだ」

「なんだ、俺を紹介した、という話じゃなかったのか」

マルコがあからさまにがっかりした顔になる。

「魔道具で顔を変えていたんだ。顔を変える魔道具は高価だと知っているだろう？　そんな依頼人は滅多に来ない。それだけ人には知られたくない依頼ということだ。単に刺青職人を紹介してほしいという依頼なのに、だぞ」

「……まあ、確かに、変っちゃ変……なのかなあ？」

マルコは納得しきれなかったらしく、語尾が疑問系になっていた。

「仕事を終えたあとに、刺青職人が口封じで消される可能性が高いと俺は見た。だから依頼を断ったんだが、お前の腕がいいのは有名だから、おそらく他のギルドで依頼すればお前の名があがる可能性が高いと思ってな。それで忠告に来たんだ。ひと月ほどの期間をかける高額な仕事の依頼がきたら断ったほうがいいと」

「……うーん、サマルカンドが俺を嵌めるとは思ってないけど……」

　予想どおりといおうか、マルコは承諾を躊躇った。

「頭の片隅に入れておいてくれるだけでもいい。ただ、依頼は受けないほうがいい。金より命が大事なら」

　伝えるだけ伝えはした。決めるのは彼だ。頭ではそう納得しているのだが、未来で彼が殺されたことを知っているだけに、割り切ることはやはりできなかった。

「そりゃ、命より金が大事ってことはないんだが、実は今、金がいるんだ。弟がやっかいな病気にかかっちまったもので」

「弟がいたのか？」

　初耳だった。そういえばマルコとは仕事の話はしても家族の話題が出たことはなかったかと、今更のことを思い出す。

「ああ。治療に必要な薬が高額でね。しかも毎日の投与が必要となる。なんとか今までは繋いできたが、そろそろ手持ちの金もなくなってきたから、報酬のいい仕事は断りたくないんだよ」

「金を貸そうか？」

「返せるあてがないからなあ」

　それだけ高額なんだよ、とマルコは肩を竦めた。

「そうか……」

それでも金を貸すと言おうかとも思ったが、マルコは受け入れないだろうとわかっていたのでやめておくことにした。

「弟、いくつだ？」

「十歳だ。俺に似て可愛いぜ」

「お前に似たら逞しい、だろう」

軽口を叩きながらも、十歳の弟のためにも彼の命を救ってやりたいという望みをどうしても抱いてしまう。ああ、そうだ、と俺は思いつき、はめていた指輪を外し彼に差し出した。

「これをやるよ。お守りだ」

「え？　お前が俺に指輪を？」

マルコが戸惑った顔になる。

「変な誤解をするなよ。これはただの指輪じゃない。どこでも自分の望んだ場所に空間移動できる魔道具だ。一回しか使えないが」

「ええっ？　空間移動なんて、どれだけ高額なんだ？　あ、これを売れってか？」

「売ってもいいが、たかだか一万程度だろう。それで足りるのなら売ればいい」

「いや……十万はいる」

マルコが落胆した顔になる。

「……とはいえ一万でも俺にとっては大金だ。もらうわけにはいかないよ」

「……まあ、俺にとっても大金ではあるが、ああ、そうだ。それなら貸す。それならいいだろう？」

「なんのために？」

マルコが訝しげな顔になるのももっともである。俺はその使い道を彼に伝えるべく口を開いた。

「怪しげな依頼を受けた結果、口を封じられそうになったときに使うんだ。もし、依頼がこなかったり、依頼を受けたあとに命に危険が及ばなかったら返してくれればいい。要は俺が安心したいんだ。お前は知らないことだが、俺の勘はやたらと当たる。その勘がヤバいと告げているんだよ」

「……うーん、やっぱり納得いかないが、まあ、貸してくれるっていうのなら借りておく。預かり証でも書こうか？」

マルコは言葉どおり、納得した様子ではなかった。が、俺が真剣であることはわかってくれたらしく、指輪を受け取ってくれた。

「そうだな。もらっておこうか。依頼を受けたときには必ず指輪をはめて行ってくれ。仕舞い込んだりしないようにな」

預かり証など本当は不要だったが、いらないと言えば弟の薬のために売るかもしれないと気づき、もらっておくことにした。

「わかったよ。今からはめておく。どうやって使うんだ？」

「この石を摩《さす》りながら行きたい場所を念じるだけだ」

「さすが一万の魔道具。便利だな」

手はゴツいが指自体は細く繊細なマルコは、俺と同じ左手の中指に早速指輪をはめてくれた。

「ぴったりだ」

「一回しか使えないからな」

「わかってるって。試しに使ってみる、とかはやらないから安心してくれ」

マルコに苦笑され、彼が俺の抱く危機感を軽視していることがよくわかった。

もしかしたら彼のもとに依頼は来ないかもしれない。そうあってくれればありがたいが、来たとしてもこれで命を奪われずにすむのではないか。

にしても一体前世で彼はどんな依頼を受け、命を落とすことになったのだろう。疑問を覚えはしたが、深入りはしないが吉と俺は思考を打ち切ると、そのあとは仕事がなくて退屈しているという彼と暫く《しばら》ワインを飲み交わし、馬鹿話を続けたのだった。

その後も俺はマルコの動向に気を配ってはいた。が、ひと月経っても彼のところに高額の依頼が来る様子はなかったので、他の刺青職人が選ばれたのかもしれないなと思うようになっていた。

マルコの腕前は抜きん出てはいるが、他にも腕のいい刺青職人がいないわけではない。しかしそうなると今世ではその刺青職人が殺されることになるのかと思うと、複雑な心境にはなった。

依頼人について、尾行するなどして調べておけばよかったと今更後悔したところであとの祭りである。あれは貴族だったという自分の読みに自信はあるが、顔は魔法で変えていたと思われるので探す手立てがない。

貴族社会の噂話も多少は俺の耳にも入ってくるが、刺青が絡んでいるようなものはまるで聞こえてこなかった。一体どういう依頼で、どうして刺青職人は口を封じられることになったのか。

可能性としてあり得るとすれば、非常に馬鹿馬鹿しくはあるが、裸を見られたから、というものだ。刺青をどこに彫るかによるが、背中一面だの、乳房の上を選んだ場合、否応なく裸体を目にすることになる。貴族の裸を平民が見るなど、あってはならないという考えを持つ貴族は結構多くいそうだった。

しかしそれで殺されたのだとしたら気の毒としかいいようがない。報酬は確かに高額ではあったが、その大金には命の値段も入っていたと、そういうことだったのだろうと推察はしたものの、どうもしっくりこなかった。貴族の間で刺青が流行《はや》っているなんて話は聞いたことがないし、過去を思い返すに、見事な刺青を誰かが披露した、なんて噂も耳に入ってこなかったからだ。

そんなわけでふた月が過ぎた頃には、優秀な刺青職人の依頼があったことをあまり思い出さなくなった。マルコの動向も前は毎日のように窺っていたが、数日様子を見に行かないことも多くなっていた。

さて、サーシャを引き取ってから半年ほどが経ったが、彼は外見も内面も日々成長し、今では家事は彼がほとんど受け持つようになっていた。前世のココと同じような感じだが、ココよりも器用で物覚えがよかった。ココも相当器用だったし頭の回転も速かったのだが、それを軽く凌駕《りょうが》している。まあ、見た目の年齢は同じようなものだが、サーシャは十五歳とココより年上ということもあるのだろう。

サーシャが第二皇子であるという確信は、彼が俺のもとでまともな食事をとり、健康的といっていい生活を送るようになったことでますます深まっていった。未だに十五歳には見えないが、顔立ちに品性が宿ってきたとでもいうのか、平民や、ましては奴隷には到底見えなくなった。赤い瞳が同じというだけでなく、現皇帝とますます似てきたように思う。

「ボスの勘、当たりかもしれないですね。未だ信じがたくはありますが」

最近ではキリオスも認めつつあるくらいで、やはり人前に出るときには瞳の色だけでなく顔を変える仮面を被せるべきかもしれないと考えていたが、サーシャは相変わらず俺とキリオス以外との接触を避け、ほぼアジトの居住空間で毎日を過ごしていた。買い物はそれまでどおり、定期的な配達を頼んでいたので、家事を担当してはいても外に出る用事はほとんどないのである。

出かけたくない、他人と会いたくないという彼の気持ちを、とりあえず一年は尊重してやろうと俺は心を決めていた。それだけ性奴隷としての体験がつらかったのは想像せずともわかったし、俺の日常にとっても特に不都合はなかったからである。

唯一、不都合とまではいかないが、夜、悪い夢でも見るのか、酷くうなされた挙句悲鳴を上げながら目を覚ますのが隣から聞こえてくると、心配になり様子を見にいく、ということがたまにあった。

『大丈夫か？』

青ざめている彼に声をかけると、必ず『大丈夫です』と答えるが、全然大丈夫そうではない。水を飲ませ、寝かせるのだが、眠りにつくまで見守ってやる。なかなか眠れずにいるのがわかるからだが、どんな夢を見たのかなどといった話を聞くことはしないようにした。想像は軽くついたし、本人には一日も早く忘れてほしい過去を改めて言葉で表現する必要はない。

　十五歳という年齢を思うと甘やかしすぎかもしれないが、見た目は未だ十二、三歳だし、今まで甘やかされた経験もなさそうだし、なら今甘やかすのも別にいいか、と自分でもどうした？　というような言い訳を己にしている自分に対しては違和感しかない。しかしそうして世話を焼かずにはいられないほど、サーシャは俺と、そしてキリオスに懐いており、子育てというのも案外楽しいものかもしれない、などという寒い会話をキリオスと交わしては、いやいや、とお互い首を横に振りつつ酒を呷る、というようなことも一度や二度ではなかった。本当に我ながら違和感しかないのだが。

　今日、そのキリオスは宰相である父親に会いに出かけていたので、俺が彼の代わりに勉強を見てやることになっていた。

「この国の現状について、知りたいです。問題点を中心に……」

　キリオスの話では、最近サーシャは学びについて積極的で、自ら知りたいことを主張するようになったということだったが、本当だったんだなと納得しつつ俺は、説明を始めた。

「この国は皇帝によって治められているということは知っているよな？　身分制度についてもキリオスから説明を受けているのでいいか？」

「はい。数百年に亘《わた》り皇帝の統治が続いていると聞きました。身分制度は皇族・貴族に平民、それと奴隷……でしょうか」

ここに来たときとはまるで違う、ハキハキとした口調でサーシャが俺の問いに答える。

「ああ、そうだ。近隣諸国とは同盟を結んでいるため、この百年あまり、戦争は起こっていない。外交的にはいたって平和といえるが国の内情は平和とは少々かけ離れている。世の中が恒常的な不況にあることはサーシャも実感としてあるかな？」

「はい。多少は。ボスのおかげで僕は食べるに困るということはありませんが、生活に困っている平民が多くいることは知っています」

サーシャが真面目《まじめ》な顔で頷く。

「ああ。貴族は贅沢《ぜいたく》三昧、金は自分の領地からいくらでも湧き出てくるものと思っている。領地民たちの血税という自覚はほぼない。皇族はその血税を貴族経由で手にしているが、それに関しては更に『望めば望んだ分だけ得られる』という認識だろう。税金を納めるために平民たちは自らの生活を切り詰めるしかない。裕福な平民もいるにはいるが一握りな上に、彼らの裕福さは彼らが雇っている貧しい平民たちの犠牲の上に成り立っているのがほとんどだ」

「……ここに来る前、僕らを奴隷として買っていたのは貴族や裕福な平民でしたが、彼らが僕を買うお金をどうやって得ていたかと、考えたことはありませんでした……」

サーシャは憤った顔になっていた。

「街の人々の生活が豊かじゃない……どころか、貧しい人々が非常に多いことは見ていればわかります。なのに物価が高くて日々食べるものも満足に買えていないことも、そうした貧しい人たちの国への不満が高まっていることも」

「国の政治は皇帝を中心に爵位の高い貴族たちが構成する議会が司《つかさど》っていて、平民たちが声を届ける術もなければ、そもそも皇帝や貴族が我々平民になどまったく興味を持っていない。百年以上、平和の世が続いた弊害ともいえるが、貴族たちも平民たちも、『こんなものだ』と認識していて、改善しようという考えに至らないんだ。この国の法律は貴族にはどこまでも甘い。一方、平民には非常に厳しい。税金を支払うことができなかったら処罰を受けるし、平民が貴族に逆らっただけでも処罰対象となる。逆に貴族が平民を殺そうがたいした罪に問われることはない。確実に自分たちが罰せられることがわかっていて、貴族に反撃する平民はまずいない」

しかし三年後、お前がそんな状況に風穴を開けるのだ、と俺は心の中でひっそりと呟いた。

第二皇子は『光の騎士団』を率いて犯罪組織の摘発を行っていたが、それだけでなく、悪の組織と手を結んでいた貴族の断罪も行ってくれていたのだった。

そうした貴族たちは大概不正に稼いだ金を懐に入れていたため、収入を皇室に偽証していたという名目で裁かれ、爵位を取り上げられたり莫大《ばくだい》な追徴金を課せられるのだが、その追徴金を第二皇子は領民たちに還元するべく動いていたという話だった。

貧しく生まれ貧しく死んでいくしかないという諦観を抱いていた世間の人々にとって、第二皇子は希望の光となった。

それまでこれといった悪評も立っていなかったにもかかわらず——まあ、いい評判も立っていなかったが——皇太子より、よほど次期皇帝に相応しいのでは、と世間の人々は第二皇子の治世を望むようになるのだ。三年後には。

いつしか一人、そんなことを考えていた俺は、サーシャからの問いかけにふと我に返った。

「皇帝の統治自体への不満があまり聞かれない気がするのですが、何か理由があるんでしょうか。百年以上平和の世が続いているからですか？」

「皇帝の特殊な能力のせいじゃないかと思う」

「特殊な能力？」

サーシャが不思議そうな顔になる。本人のことだが、今の段階では知らなくて当然かと俺は青薔薇の痣について説明してやった。

「皇帝の血を引く人間は生まれついて何かしらの特殊な能力を持っていて、身体のどこかに青薔薇の痣が発現すると同時にその力を使えるようになるという話は、聞いたことがないか？」

「ありませんでした。皇帝の子供だけですか？　皇族は皆、その痣と特殊な能力を持つんですか？」

サーシャは好奇心が刺激されたらしく、瞳をキラキラと輝かせながら問いを重ねてきた。

「皇帝の子供にのみ受け継がれる力と聞いているよ。皇帝にならなかった子供の子孫には受け継がれないらしい。遺伝とはちょっと違うようだが、どういう仕組みでそうなっているのかは誰にもわからないんだそうだ」

そうした理由で特殊な能力と青薔薇の痣を持っているのは、今の皇帝と大公——皇帝の弟だ——の二人だという。前の皇帝の子供はその二人だけだったのだ。

大公の子供には青薔薇の痣も特殊な能力も引き継がれていないというのは間違いないらしい。皇位に就くことができるのは青薔薇の痣と特殊能力を持つ人間のみとなるため、たとえば今の皇帝が今、死んだとしたら大公が皇位を引き継ぐ。が、そのあとの皇帝の座には、現皇帝の息子が就くというのが皇位継承のルールだそうだ。

皇帝の子供には遺伝するが、皇帝にならなかった人間の能力は一代限り、というのは一体どういう仕組みで可能となっているのかは判明していないらしい。そもそもが『特殊』で不思議な力ゆえ、人智の及ばぬ仕組みがきっとあるのだろう。

今の皇帝には子供は皇太子一人——ということになっており、皇太子にはまだ青薔薇の痣は出現していない。が、間もなくのはずだよな、と前世の記憶を思い起こしていた俺に、サーシャがまたも問いかけてきた。

「特殊な能力って、どんな能力なんですか？　今の皇帝と大公はどんな能力を持っているんですか？」

「皇帝は空間移動――望んだ場所に行かれる能力だそうだ。遠距離ではなく近距離らしい。大公は毒を無効化する能力……だったか」

とはいえ猛毒は無理らしい。しかし改めて人に説明してみると、どちらかというと大公の能力のほうが皇帝としては相応しいといおうか、必要な能力なんじゃないかと思わなくもない。特殊能力だけでなく、頭脳や人柄も大公のほうが優れているという噂もあった。

しかし皇帝は長兄がなるというのが長年続いていた皇室の伝統とのことで、体調面に問題ありとか、本人がやりたくないとか、そうした例外以外は、第一皇子がそのまま皇太子となり、皇帝の座についていた。

サーシャは三年後、帝国の希望となるが、その先の未来では彼を皇帝に望む声が高まったりしたのだろうか。

とはいえ皇太子からその座を奪うのは困難だっただろう。それだけ皇太子の母親、皇后の実家の公爵家が政治的にも軍事的にも大きな力を持っているからで、それこそ、皇太子が死ぬか、または革命でもおこらないかぎりは不可能だったに違いない。

俺の『とき』は巻き戻っているが、皆の時間も巻き戻っているのだろうか。それとも俺が『前世』と思っている世界ではそのまま俺が死んだ状態でときが流れているのか。

サーシャを俺が引き取った段階で、確実に状況は変わっている。前世のような『未来』にはなり得ないはずだ。となると――と混乱してきてしまっていた俺は、サーシャに、

「ボス？」

と袖を摑まれ、はっと我に返った。

「ああ、悪い。ちょっと考え事をしていた」

「ボス、疲れてるんですか？　コーヒー、淹《い》れましょうか」

心配そうに俺を見上げる赤い瞳に、前世で死ぬ前に見た彼の赤い瞳の幻が重なる。

今から三年、いや、二年半後には彼は、自分の肌に青薔薇の痣が出現した結果、出自を知ることになる。そのとき彼はどういう心境になるんだろう。

考えても詮ないことへの思考に気づき苦笑する。どんな気持ちになっていても別にいいじゃないか。要は我々のギルドが守られればいいのだから、と思い出より随分と幼い赤い瞳に俺はにっこりと笑いかけると、

「コーヒー、お願いできるか？」

と手を伸ばし、可愛がっていることをわかりやすく本人に伝えるために頭を撫でてやったのだった。

その日の深夜、珍しくキリオスが予告なく俺を訪ねてきた。既にサーシャは寝ていたため、起こさぬようにという配慮から、居住空間ではなくギルドの客間に場所を変え話を聞くことにした。

「……ボス、やはりボスの勘は当たっていたかもしれません」

キリオスはほとほと感心した顔になっている。父親から第二皇子の情報を得られたのだろう。実際は『勘』でもなんでもなく、未来を知っているからなのだがと心の中で肩を竦めつつ、彼に話の続きを促した。

「やはり第二皇子は存在したんだな？」

「そうなんですよ。しかも時期も十五年前と、ボスの見立てぴったりです」

キリオスのこんな表情もまた珍しい。興奮覚めやらぬハイテンションな口調で彼が話を続ける。

「皇后のメイドの一人に目立った美人がいて、皇帝が例の能力を使って彼女の寝室に忍び込み手籠《てご》めにした結果、男の子が生まれたそうです。すぐに皇后に知られることとなり、メイドは表向き病死扱いで遺体が家族に引き取られました。そのとき、赤ん坊の遺体は一緒ではなかったそうです。赤ん坊の存在は秘匿されていたからでしょうが。もちろん、彼女の命を奪ったのは皇后でした。嫉妬からと言われています」

「嫉妬というよりはプライドじゃないか？」

ついツッコミを入れてしまったのは、皇帝と皇后の夫婦仲がいいという噂を聞いたことがなかったからだった。浅慮がちな皇帝のことを皇后は心底軽蔑しており、公の場で二人が仲《なか》睦《むつ》まじい姿を見せたことは今までになかった。彼女の息子は皇帝に似ず、頭脳身体能力共に優秀であるという噂が帝国内に巡っているのもまた、皇后とその実家である公爵家が暗躍しての結果、ということも、闇社会では通説となっていた。

「まあ、次に皇帝になるのは先に生まれていた自分の息子であるのは間違いないわけですから、嫉妬じゃなければボスのいうとおりプライドかもしれませんね。メイドごときが産んだ子供が自分の子供の腹違いの兄弟になるのが許せなかったとか？」

「子供の性別は男で間違いないのか？」

間違いないことはわかっているが、一応確認を取る。

「はい。男の子だったそうです。メイドの髪色もサーシャと同じプラチナブロンドと確認が取れてます」

「赤ん坊は殺さず連れ去り捨てたんだろうな、皇帝の血を引く子供を殺すことに抵抗があったのかも」

「それはありそうですね」

キリオスも同意見とばかりに頷いたあとに、ポツンと言葉を漏らす。

「あとは青薔薇の痣が出るかどうかですね」

「出るよ」

だがそれにはあと、二年はかかるはずだ。未来を知ってはいるがゆえに断言してしまったが、ふと、その『未来』ではいつ、痣が発現したのだろうと俺は記憶を辿った。未来のことなのに記憶を辿るというのもおかしな話だが。

彗星《すいせい》の如《ごと》くミハイル第二皇子が現れたのは約三年後ではあるが、それより前に痣が出ていた可能性は勿論ある。

性奴隷だった彼がどのようにして己の出自を知り、どのようにしてそれを皇室に届け、第二皇子として受け入れられることになったのか。当時はさほど好奇心が刺激されなかったため、調べてみようという気にはならなかったが、帝国民に彼の存在が公表されるまでの間に、どのような経緯があったのだろう。

今頃興味を覚えたところで、前世と今世ではミハイル皇子の——サーシャの運命は大きく変わっている。今世で彼を皇室に届けるのは俺ということになるのかもなと心の中で呟いたとき、ちらと寂寥感《せきりょうかん》が過《よぎ》り、馬鹿馬鹿しいと苦笑した。

「何一人で笑ってるんです？」

酔っ払ったキリオスが珍しく俺に絡んでくる。

「別に。早く痣が出ないかと期待しただけだ」

「青薔薇の痣の本物を拝めるなんて滅多にない機会ですしね」

キリオスも興奮した声を上げたが、すぐ、

「なんだ、僕もすっかりサーシャを第二皇子と信じ込んでるな」

と彼もまた苦笑した。

「そのうちわかるだろう。俺たちの思い込みか、はたまた真実か」

「親父も気にしています。彼も『真実』を期待しているようですよ」

キリオスの言葉に、そうだ、宰相にすべて託せばいいんじゃないかと、当たり前のことを思いつく。

おそらく前世でも宰相に託され、宰相がすべてにおいて不備なくミハイル第二皇子の存在を世間に知らしめる準備を整えたのだろう。

そのときには彼の名は『サーシャ』から『ミハイル』に変わることになるのだろうか。恩はきっちり返せよと懇々と言い含めねば、などと考えていた俺の中では、自身にも説明のできないもやっとした感情が渦巻いており、その正体を見極めることから逃れたいというわけでもなかったが、その夜は俺も珍しく深酒をしてしまったのだった。

結局二人して鯨飲した結果、キリオスと俺はアジトの生活空間にある居間の長椅子で眠り込んでしまった。

「お酒くさいですっ」

翌朝、起きてきたサーシャに非難の声を上げられて目覚めたものの、典型的な二日酔い状態で、俺は自分の寝室で暫《しばら》く寝ることにした。

「ボスもスープくらい飲みますか？」

キリオスは今日、ギルドで人と会う約束があるそうで、青い顔をしつつもギルドの入り口となっている店に向かおうとしていた。それでサーシャがスープを作ることになったのだが、俺にも飲まないかと声をかけてきた。

「いらない。食うより寝たい。起きたら食べさせてもらうよ。ああ、そうだ。今は水、もらえるか？」

『いらない』と断った瞬間、サーシャが悲しそうな顔になったため、慌ててフォローしたあと、何をやってるんだかと可笑《おか》しくなった。

ここに来たばかりの、満足に口もきけない状態だった頃ならまだしも、今のサーシャは自分の希望を言うこともできれば、嫌なことは嫌と主張することだってできるようになっているのだ。気を遣いすぎだと苦笑しかけ、いや、違うかもと思い当たる。

『俺が』嫌だったのではないか。彼に悲しい顔をさせるのが。笑顔にしたくてフォローした。なぜなら彼を可愛《かわい》いと思っているから。

いやいやいやいやいや。

それはないだろう。まだ俺は酔っ払っているんだろうか。サーシャの容姿は勿論《もちろん》『可愛い』といえるが、俺の感情的に彼を『可愛い』と思っているなど、あり得ない。はずだ。

情が移ったのだろうか。彼によくしてやっているのは、あくまでも将来への保険だ。光の騎士団からウチのギルドだけ、見逃してもらいたいという、その目的のために世話を焼いているのだ。

情が移ったところで、痣《あざ》が出現した瞬間、彼の居場所も立場も激変し、今後会う機会もなくなることだろう。

そう、俺の計画どおり、恩義を感じた彼がこのギルドを摘発することもなくなれば、二度と会うこともなくなるのだ。

それを寂しいと感じるとは、やはりまだ酒が残っているようだ。ヤキが回ったとは思いたくないからなと俺は自分に呆《あき》れつつ、自力で起きるまで声をかけなくていいとサーシャに告げてから寝室へと向かったのだった。

眠りが浅いせいか、夢をいくつも見た。内容の整合性はまるでとれていない、不快に感じることが多い夢の合間に、前世や今世の思い出が挟まってくるところを見ると、あまり脳を休めることはできなかったようだ。

そんな悪夢から呼び起こされたのは、いきなり俺の上にドサッと何かが落ちてきたためだった。

「な……っ」

あまりの重さに一気に目覚めた途端、部屋に充満するほどの酷《ひど》い血の匂いにも気づき、ぎょっとする。

どこから降ってきたのか俺の上には大柄な男が倒れていたが彼は満身創痍《まんしんそうい》状態だった。

もしや、となんとか男を押しやりながら起き上がり、顔を見る。

「マルコ！」

出血が多いからだろう。紙のような白い顔をし、今にもことときれようとしているのは、俺が安否を気にしていた刺青《いれずみ》職人のマルコだった。

「サ……サマルカンド……」

マルコが俺へと手を伸ばす。

「待ってろ。まずは止血だ。それから傷を治すポーションを……っ」

そう告げ、ベッドを降りようとした俺の手をマルコが握り締める。

「俺はもう……ダメだ。もう死ぬ……」

「しっかりしろ！　おい！　サーシャ！」

声を張り上げ、サーシャを呼ぶ。近くにいてくれるといいという願いは無事に叶《かな》い、すぐに彼が部屋のドアを開け、中の光景に相当驚いたようでその場で固まった。

「ポーションをあるだけ持ってきてくれ。それからキリオスを呼んでくれ」

「わ……わかりました……っ」

俺が命じるとサーシャは我に返った様子となり、聞きたいことは山のようにあるだろうに、すぐに部屋を出ていった。

「ポーション……無駄になる。俺はもういい。でも、弟を……弟を助けてくれ……っ」

マルコが俺の手を、瀕死《ひんし》の人間とは思えない強い力で握り締める。

「弟？　病気の弟だな？　誰から守ればいい？　お前をこんな目に遭わせたのは誰だ？　仕事がらみか？」

ふた月経《た》ったからもう大丈夫だろうと安否確認を怠っていたことが今更ながら悔やまれる。

前世と同じく、マルコは高額な仕事を依頼した人間に殺されてしまうのか。唇を噛《か》みたくなるのを堪《こら》え、問いかけた俺に、マルコが弱々しく頷《うなず》く。

「……お前の言ったとおりだった。金につられて依頼を受けたら、口封じに刺された……きっと弟も殺される。だから……」

「わかった。すぐに弟を助けにいく。家にいるのか？　仕事場の奥だよな？」

マルコの家は仕事場と同じだったはずだ。確認をとるとマルコは、そうだ、と頷いたが、あれだけ強く俺の手を摑《つか》んでいた彼の指の力が抜けていくのがわかった。

「あお……」

「え？」

命の炎が今にも消えそうになっているマルコの唇が微《かす》かに動く。なんと言おうとしているのかと彼の顔に寄せた俺の耳に、掠《かす》れ切ったマルコの弱々しい声がなんとか届く。

「あおい……ば……ら……」

「あおい……青い薔薇《ばら》⁉」

それはもしや、と驚き、彼を見下ろした俺は、すでにマルコの命が失われていることを悟らされた。

「ボス！」

「どうしたんです⁉」

直後にドアが勢いよく開き、ポーションの瓶を抱えたサーシャとまだ顔色の悪いキリオスが部屋に駆け込んできて絶句する。

「……刺青職人のマルコだ。彼には空間移動の魔道具を貸してあった。それでここへとやって来たんだろう」

言いながらマルコを見下ろす。彼の指には俺が貸してやった指輪がはめられていた。

「まったく状況が見えないんですが」

キリオスには何も説明していなかったので、不可解そうな顔になっている。が、今は説明している時間がない、と俺は、

「マルコの弟が危ない。すぐに向かいたいが腕の立つ奴は今ギルドに来ているか？」

と彼に問いかけた。

「ジョアンとウィルがいます。人数だけなら十人以上集められます」

「二人がいればそれで大丈夫だろう。すぐに向かう」

「わかりました！」

キリオスが短く返事をし、部屋を飛び出していく。

「あの！」

と、同じく部屋を出ようとしていた俺に、サーシャが声をかけてきた。

「僕も行きます！」

「いや、お前は……」

断ろうとしたが、彼の剣術の腕前は、ギルド内の手練れの連中のレベルにまでは達していないが、相当な実力となっていることを改めて思い出した。

「顔、変えてきます！」

俺の返事を待たずに自室へと向かう。同じ子供がいたほうがマルコの弟も心強いかと、俺はサーシャの希望を叶え、彼も加えた十数人でマルコの店へと向かった。

店に入る前から不穏な空気は伝わってきた。少なくとも三人、店内にいると皆に周知した上で、

「全員殺せ」

と命じる。皆、無言で頷き、顔を布などで覆った。サーシャは顔を変えてはいたが、一応隠せと告げた上で、俺は勢いよく店の扉を開いた。

中にいたのが剣を持った騎士ということに一瞬ぎょっとしたが、すぐに我に返ると手にしていた短剣を投げた。

「うっ」

一人がばったりと倒れる。短剣の先には即効性の毒が塗ってあり、掠りでもすれば確実に殺せるのだ。俺のお気に入りの武器だった。上着の裏に五本、仕込める手軽さもいい。

だが二本目を投げる必要はなく、不意を突かれた騎士は俺の優秀な部下たちにより一瞬にして命を失っていた。

「奥の部屋に子供がいるはずだ」

言いながら俺は、ドアの外で中を窺《うかが》ったが、人の気配は感じられなかった。あの騎士たち

も来たばかりだったようだと安堵《あんど》し、そろそろとドアを開いて部屋の中に呼びかける。

「マルコから頼まれて助けにきた。生きてるなら出てきてくれ。お前を襲いに来た連中は俺たちが殺したから安心していい」

中を見渡し、荒らされた気配がないことにまた安堵する。間に合ったようだ、と息を吐いたとき、戸棚の扉が開き、中から一人の少年がおずおずと顔を出した。

「！」

その顔を見た瞬間、俺は驚きの声を上げそうになった。ココじゃないか！　どういうことだ？　ココはマルコの弟だったのか？

似ても似つかないじゃないかと愕然《がくぜん》としてしまっていたが、その少年に声をかけられ、俺は自分を取り戻したのだった。

「……な、名前を教えてくれよ。にいちゃんから聞いた名前だったら信用する」

「……ああ。そうだよな。俺はサマルカンドだ。マルコに空間移動の魔道具を貸したのは俺だ。その話も聞いているか？」

やはりココに間違いなさそうだった。こんな幼い頃から頭の回転が速く、抜け目もなかったんだなと納得しつつ名乗った上で問いかける。

「聞いてる……ねえ、にいちゃんは？」

「マルコは……」

死んだと伝えるのは酷かとも思ったが、隠しとおすことは当然できない。しかし一刻も早くこの場を離れる必要があったため、答えに迷った。ここで泣かれたりしたら落ち着かせるのに時間がかかるのではと案じたのだ。

しかしさすがはココ、聡《さと》い彼は言い淀《よど》んだ俺の様子から答えを導き出していた。

「死んだんだね」

「とにかく、ここを離れよう。追手が来る可能性が高いんだ」

せっかく救うことができた命を再度危機に陥らせるわけにはいかない。マルコのためというのは勿論のこと、それがココとなれば特にその思いが強くなる。

「……わかった……」

頷いたココの瞳には涙が溜《た》まっていた。泣くまいと唇を噛み締めているのがまた痛々しい。

「体調は？」

難病にかかっているということだったが、確かに顔色は悪いし酷く痩《や》せていた。歩くのは大変だろうと抱き上げると、高さが怖かったのか俺にしがみついてきた。

「病気のほうも俺がなんとかしてやる。マルコとは友達だったから」

「……うん……」

呟《つぶや》くようにして告げてきたココの声は涙に震えていた。泣きたいだけ泣けばいいのさと思いながら俺は彼を抱き直し、顔を胸に埋《うず》められるようにしてやった。

「ボス」

と、背後からサーシャに呼びかけられ、彼へと注意を向ける。

「僕が抱いていきます」

「いや、お前にはまだ無理だろう」

半年も経ったので少しは身体《からだ》がしっかりしてきたとはいえ、まだ十五歳には到底見えない。剣術の進歩は著しいが、筋力が抜群についたというわけではないので、いくら痩せて軽いとはいえココを抱いて歩くのは無理だ。刺客を始末するのに少しも手を貸せなかったことを気に病んでいるのだろうが、気にすることはない、と俺は彼に笑顔を向けた。

「サーシャにはアジトに戻ってからやってもらいたいことが山ほどある。早く戻るぞ」

「はいっ」

仕事を頼まれたのが嬉《うれ》しかったのか、サーシャの声が弾む。まったくタイプの違う二人の子供だが、案外仲よくなるんじゃないかと考えながら俺と仲間は帰路についたが、自分がどれだけ楽観的だったかを思い知らされるのにさほど時間はかからなかった。

アジトに戻ると、亡くなったマルコはすでに棺《ひつぎ》に入れられていた。全身血まみれだったのをキリオスが綺麗《きれい》に拭い、新品の服も着せてやっていた。彼の気遣いに感謝しつつ、ココを兄に対面させてやる。

「……にいちゃん……」

ココは遺体に取り縋《すが》った。声を上げて泣くのではなく、嗚咽《おえつ》を堪えているように見えたので、俺はキリオスに目配せし、ココを残して部屋を出ることにした。人前で泣くのを恥ずかしく思っているのではと考えたのだ。

サーシャもいたので、行くぞ、と彼にも目配せし、俺たち三人はマルコの遺体を安置した部屋から出た。

「あの、ボス」

と、サーシャが酷く思い詰めた様子で呼びかけてきたので、何事だと驚き、彼を見やった。

「なんだ?」

「あの子供もここに置いてやるんですか?」

「そのつもりだ。本人に希望を聞いてからだが」

ココがアジトの前で行き倒れるのは今から約一年後のことだった。今日のように隠れて刺客をやり過ごし、その後一人でなんとか生きてきたのだろう。

いや、待てよ。前世でココは病気ではなかった。報酬を前払いでもらって薬を購入していたのかもしれない。身体を調べる必要があるが、少なくとも一年後には治るはずだ。前世の彼は空腹で倒れてはいたが、メシを食わせたらすぐに元気になったから。

いつしか一人の思考の世界にはまっていたせいで、サーシャの表情が曇っていることに気づくのが遅れた。

「……ボスは……子供が好きなんですか」

「え？」

サーシャの声が震えている。彼の赤い瞳が涙に潤んでいるのを見て、なぜに泣くのだと俺は唖然《あぜん》としてしまっていた。

「好きか嫌いかでいったら……まあ、好きではないかな」

質問の意図もよくわからない。首を傾《かし》げつつ答えた俺に対するサーシャの反応はますます理解を超えるものになった。

「……なら可哀想《かわいそう》な子供を放っておけないんですか。僕も……あの子も、可哀想な子供だからここに置いてくれるんですか」

「サーシャ？」

目に涙をいっぱい溜めるほど、彼は何に対して怒っているのか。ココへの嫉妬とわかるまでに二秒ほどかかった。それだけ意外だったのだ。

「そういうわけじゃないんだが……」

助けてくれ、とキリオスへと視線を向けたが、援護射撃をするつもりはないようで、逆に問い詰める側に回ってしまった。

「確かに、可哀想な子供を次々住まわせていたら保育所状態になりますね、ここが」

「俺がそんな篤志家に見えるか？」

馬鹿馬鹿しい、と話を打ち切ろうとしたが、キリオスはそうはさせまいと問いを重ねてきた。

「あの子もここに置く理由を聞いても？　里親を探してやるほうが余程あの子のためになると思いますけど」

「身の安全のためだ。あの子が落ち着いたら一緒に話を聞いてもらえるか？」

「……煙にまこうとしてます？　まあ、いいですけど」

不承不承といった顔でキリオスが頷く。なんやかんやいって俺には甘いのだ。

そしてコッチも話をつけねばとサーシャへと視線を移し口を開く。

「今、言ったとおりだ。あの子の身が危険に晒《さら》されているから暫くの間、ここに置く。サーシャにはあの子の世話を任せたい。できるか？」

「僕が……あの子の……」

サーシャはものすごく不本意そうだった。彼にこんな表情ができるとはと驚くと同時に少し嬉しくなる。人の顔色を窺うばかりだった彼に自我が芽生えてきた証《あかし》だからだ。

「ああ。年齢が近いほうがあの子も気を許すだろう」

「……でも……」

俺の言いつけに逆らうことはしたくない。が、やりたくないのがミエミエの態度をしていたサーシャにも俺は、状況を説明するつもりだった。後々のことを考えての選択だ。

しばらく時間をおいてから、俺は二人を連れ、再びマルコの遺体が安置されている部屋へと向かった。ノックをし、ドアを開くと、泣き疲れた顔をしたココが遺体の側で座っていた。

「……何か食べるか？」

『大丈夫』ではないとわかっているので『大丈夫か』と聞くのは躊躇《ためら》われた。温かな食事で少しでも気を紛らわせることができるのではと考え聞いてみたが、ココは首を横に振った。

「名前、聞いてもいいか？」

『ココ』と知ってはいるが、なぜ知っているのかと疑問を覚えれば俺への信用度も下がるだろう。それで問いかけるとココは消え入りそうな声で、

「……コリン……」

と名乗り、『ココ』は愛称だったのかと今更のことを知ってしまった。または自身で改名したか、はたまた今、嘘《うそ》をついているかのどれかだろう。

なんにせよ、彼が俺の知る『ココ』であるのは間違いない。彼の身の安全のためにはまずは状況確認からだと、俺はじっと目を見つめ問いかけた。

「コリン、マルコから仕事の話を少しでも聞いたか？　最近受けた、高額の依頼だ」

「……何も……」

ココが俺から目を逸《そ》らす。刺客から命を救いはしたが、本当に味方かどうかの判断をつけられずにいるのだろう。この幼さでたいしたものだとまたも感心してしまいながらも、話を

進めるために、俺は彼に話しかけた。

「マルコはその依頼主に口封じのため刺されたと言っていた。俺が空間移動の魔道具を彼に貸した話は聞いているか？」

「……うん。高額だから預かり証を書いたって言ってた」

ぼそ、とココが告げ、頷く。

「マルコは死の直前、その魔道具で俺のところにやってきたんだ。自分は口封じのため殺される。きっと弟も殺されるから、守ってほしいと」

「……にいちゃんを殺したのは、その高額な仕事の依頼主ってこと？」

ココが目線を俺へと向け、問いかけてくる。彼の瞳には憎しみの焔《ほむら》が立ち上っていた。

「おそらくな」

「…………」

ココが『殺してやる』と呟いたのが聞こえたので俺は、くれぐれも無茶はするなと釘《くぎ》を刺すため、相手がどれだけ強大かを説明することにした。

「マルコは俺にこの言葉も残した。『青い薔薇』と」

「青い……バラ？」

ココが戸惑った顔になる。この様子ではマルコは何も彼に明かしていないようだと判断していた俺の耳に、サーシャの硬い声が響いた。

「青い薔薇って、皇帝や皇帝の子供の肌に現れるという痣のことですか？」

「そうだ」

サーシャには帝国についての知識を与えているのですぐに連想できたようだ。

「……確か皇太子にはまだ痣が出現していないんでしたよね……」

ぼそ、呟くサーシャの言葉を聞き、ココもまた閃《ひらめ》いたのではと彼を見る。

「……にいちゃんが請け負った仕事ってもしかして、皇太子に青薔薇の刺青を彫ることだったの……？　ということは、にいちゃんを殺したのは……皇室の人……？」

「それをこれから確かめる。だからコリン、暫くの間、ここで大人しくしていてくれ。お前の命が危ないんだ」

そう告げるとココは青ざめながらも、コクリと首を縦に振った。

「相手が皇室となると、こちらから出向いてぶっ潰すってことができないからな。せめて状況確認が終わるまではここに留《とど》まると約束してほしい。いいな？」

「……わかった……けど……」

頷きはしたが、ココは悔しそうな目線をマルコの棺に注ぎつつ口を開いた。

「復讐はしたい……」

「当たり前だ。そこまで我慢しろとは言ってない」

俺の言葉にココが、驚いたように目を見開く。

「え？」

「本当に皇室が――皇太子の周囲の人間が、マルコを殺したと確認できたら、お前の復讐に手を貸すよ。約束する」

大きく頷くとココは暫く呆然《ぼうぜん》としたように俺を見ていたが、やがてその顔がくしゃ、と歪《ゆが》み、彼の瞳からは大粒の涙がぼろぼろと溢《あふ》れ始めた。

「……ありがとう……ありがとう……！」

泣きじゃくりながら俺に礼を言い、何度も頭を下げる。

「任せておけ。俺を誰だと思っている」

言っていて恥ずかしい台詞《せりふ》だが、ココには効果的だと思われるので口にした。しかし照れる、と苦笑していると、キリオスがやれやれというように肩を竦《すく》め、俺に目配せをして寄越した。

話をしたいという意味だとわかったので、ココが少し落ち着くのを待ち、彼の肩を叩《たた》く。

「まずはゆっくり身体を休ませるんだ。ここにいるサーシャがお前の面倒を見てくれる。サーシャ、ココ……コリンにスープを作ってやってくれ。あとは入浴。服はお前のじゃ大きいだろうが、前に着ていたやつを貸してやれ」

「……わかりました、ボス」

サーシャは相変わらず不本意そうだった。しかしココに向かい合ったときには、彼の顔には笑みが浮かんでいた。

「よろしく。サーシャだ。コリン。僕もボスに命を助けられた仲間だ」

「……そうなんですね。よろしくお願いします」

ココは涙を拭ってサーシャに頭を下げ、にこ、と微笑《ほほえ》んだ。愛嬌《あいきょう》を振りまこうとしているらしい。

あとは若い二人に任せるとして、と、見合いのばばあのようなことを考えつつ、俺はキリオスと共に部屋を出て、ギルドへと向かった。無人の隠し部屋で彼と向き合う。

「ちょっと頭が追いつきません。要は皇太子に痣が出現しないので、刺青で誤魔化そうとしたということですか？」

キリオスが珍しく興奮している。

「痣の出現は個人差があるそうで、何代か前の皇帝は四十を過ぎてから出現したので皇位につくのが遅れましたが、待っていれば必ず出てくるものを待ちきれなかった理由、ボスはなんだと思います？」

キリオスは当然、己の答えを持って聞いてきている。それがわかるので俺もまた、彼と同じことを考えていると伝えるべく口を開いた。

「百パーセント、痣が出現しないとわかっているから。皇后には皇太子が皇帝の子供じゃない確信があるんだろう」

「……やっぱりそうですよね……」

キリオスが唸《うな》りながら頷いたあと、ふと思いついた顔になり俺に問いかけてきた。

「まさかボス、それも見抜いていたんですか？」

「いや、まさか。マルコが死に際に『青い薔薇』と言ったことで察したんだ」

俺の説明を聞き、キリオスが少し安堵した様子となる。

「よかった。ボスがいよいよ神の領域にいってしまったのかと思いました」

「まさか」

苦笑したが、もしもキリオス言うところの『神の領域』に至っていたらマルコの命を救うこともできたかもしれない、と反省する。

刺青職人の死と青薔薇の痣。なぜ結びつけて考えることができなかったのか。前世でも、そして今世でも、思考が掠りもしなかったのは我ながら情けない。

しかしまさか、皇太子が皇帝の子供ではないとは。可能性としても考えたことはなかった。世間では妻の浮気など珍しい話ではないが、まさか皇后が浮気をするとは考えないし、その上、浮気相手との子供までもうけるとは、到底信じられる話ではない。

皇帝は、そして周囲の人々は少しも疑わなかったのだろうか。皇帝は皇太子を自分の子と信じているのか。

「……皇帝と皇后の関係について、何か知ってるか？」

さすがの俺も皇室関連の情報は、世間の評判くらいしか得られていない。仲睦《なかむつ》まじいという噂《うわさ》は聞いたことはないが、夫婦仲は最悪だ、といった話も出ていない。

帝国内では公務を問題なくこなしているし、外交面でも申し分ない。美しい容姿と明晰《めいせき》な頭脳、そして数カ国語を操る語学力。皇后としては理想的といえる。一方、皇帝はよくも悪くも凡庸、だが人柄はいいというのが帝国民の目から見た皇室である。

実際のところはどうなのか、宰相である父から情報が入っていないかと問いかけた俺の前で、キリオスが考え込む様子となる。

「正直、今まで興味がなかったので、親父から何か聞いたかを思い出そうとしてはいるんですが……」

「明日にでも連絡を取ってみてもらえないか？　宰相がどのような判断を下すかはわからないが、少なくとも息子のお前を消すようなことはない……よな？」

親子の絆《きずな》より皇室の秘密を守る選択をしないとも限らないので確認を取る。

「うーん、どうですかね。ただ、皇帝の血を引かない皇太子が皇位を継ぐことはなんとしてでも阻止したいと願うはずです。皇室命な人なので」

キリオスが苦笑し肩を竦める。親子の情は根拠にならないとわかっていると、そういうことだろう。彼の心情には気付かぬふりをしてやるほうがいい。そう判断し、話を先に進めることにした。

「なら頼みやすいな。皇后の浮気相手が誰かも調べてもらいたい」

「わかりました……が、これ、おおごとになりますよね。帝国を揺るがすくらいの……」

キリオスが抑えた溜め息を漏らす。

「そうだな」

相槌《あいづち》を打ちつつ俺は、これでサーシャに青薔薇の痣が出現しようものなら、帝国を揺るがすどころかひっくり返すことになるなと心の中で呟いていた。

次期皇帝の座がかかっているとなるともう、俺にはお手上げ案件だ。あとはキリオスの父、この国で最も有能な宰相に任せることとしよう。

まだサーシャには青薔薇の痣は出現していないが、すぐにも宰相に預けたほうがいいかもしれない。ココ――ではなくコリンの身の安全も、ここよりは宰相のもとのほうが守れるのではないか。

これを機にこのギルドを廃業し、他所《よそ》に移るというのも手だなと、新たな可能性を思いつき、つい笑ってしまった。

「ボス、笑ってる場合じゃないでしょうに」

キリオスに指摘され、「いや、悪い」と頭を掻《か》く。

「サーシャとコリンをお前の親父さんに預け、ギルドを畳んで仲間と一緒に隣国に渡るというのはどうかと思いついたんだ。新天地で新たにギルドを開くなんて、ちょっと楽しそうだろう？」

「楽しいもんですか。ここまでギルドを発展させるのにどれだけ苦労したと思ってるんです」

冗談じゃない、とキリオスが鬼のような顔になる。が、本心では彼もまた『新しい環境』に心躍らせているに違いなかった。

前世をなぞる必要はないのだ。新しい人生を切り開いていけばいい。なぜその発想がなかったのだろう、と首を傾げた俺の脳裏を、サーシャの赤い瞳が過《よぎ》る。

性奴隷だった彼を救ったあとは、育てていくことが『日常』となっていた。それがいかに俺にとっては不可思議な選択だったか、改めて実感する。

しかしこの『日常』もこれで終わるのだ。別れの日にはくれぐれも、恩義を忘れて討伐なとするんじゃないぞと言い聞かせねば。

ふと、胸の中を冷たい風が吹き抜けるような錯覚を覚え、首を傾げる。まさか寂寥《せきりょう》感《かん》なんていうつもりじゃあるまいなと呆れてしまいながらも、同時に俺はそれこそが正解だということにも気づいていたのだった。

7

ココが来て半月ほどが経った。前世でもそうだったが、ココの順応力は半端なく、俺やキリオスは勿論のこと、ギルドの仲間たちともすぐに馴染《なじ》み、可愛がられるようになった。多少計算して動いてもいるのだろうが、それ以上に人懐っこく、皆と交流するのが好きなのだろう。

そんなココが唯一苦手としているのがサーシャで、目立って仲が悪いというわけではないが、いつまで経っても余所余所《よそよそ》しい空気が二人の間には流れていた。

それぞれに、お互いのことが嫌いなのかと聞いてみたが、二人とも答えは『そんなことはない』。いや、あるだろう、ともう少し追及すると、『向こうが自分を好きではないように感じる』と、これもまた同じような答えが返ってくるのだった。

「相性がよくないってことかね」

一度キリオスに相談したことがあったが、彼は肩を竦め、くだらないとしかいいようのない言葉を告げた。

「嫉妬でしょう。ボスの寵愛《ちょうあい》の『一番』を争ってるんじゃないですか？」

「子供だろ。特にココは」

俺があまりにも呼び間違うので、結局、彼の愛称は『ココ』となった。

「実は自分の名前があまり好きじゃなかったんです。ココって可愛いですね」

ココは恥ずかしそうな、そして嬉しそうな顔でそんなことを言っていた。これは計算された演技ではなかったと思うが、実際のところはどうなのだか。

『ココ』という名前は呼びやすく、確かに響きも愛らしいので、皆がこぞって彼の名を呼ぶようになり、更に皆との距離が縮まったとも言っていたが、それは少々盛ってるなとわかった。が、それで彼の印象が悪くなるほどではなかった。

因《ちな》みにココの病気はほぼ完治したとのことだった。マルコが前金で受け取った金で、一気に回復が見込めるという高額の薬を購入できたのだそうだ。あとは静養していればいいということだったが、じっとしているほうがつらいと、ココはよく働いてくれた。

陽キャラの極みのようなココをサーシャが持て余している。ココはココで、愛嬌を振り撒いてもリアクションが薄いサーシャとどう向き合えばいいのか、困っている。

素顔を晒すのは俺とキリオスだけ、というサーシャは、瞳の色を変え、顔を変える仮面を被ってようやくギルドの仲間とも対峙《たいじ》できる。内気といおうか人付き合いが苦手といおうか、そんな彼も明るいココには心を開くのではと淡い期待を抱いたが、すぐにそんなに簡単なものではなかったと思い知らされた。

ギルドの居住空間には食堂以外は部屋は二つしかない。一つは俺の寝室、もう一つは物置代わりにしていた小さな部屋で、サーシャが使っていた。

さすがにこの狭い部屋にベッド二つを入れるとキチキチになるので俺の寝室と交換するつもりだったのだが、サーシャだけでなくココからも反対された。遠慮だろう。

気の合わない相手と狭い部屋で寝るというのはつらいのではと心配だが、どちらも不満を表立って口にすることはない。

ココはサーシャより幼かったが、家事能力は彼のほうが断然上だった。それがまたサーシャの劣等感を煽《あお》っているように見えたので、サーシャには家事をやめさせ、『ギルドの顔』としての教育に専念させることにした。

サーシャとココ、二人にそれを説明したのだが、ココは少なくとも不満を顔には出さなかった。一方、サーシャは顔どころか言葉でも不満を俺にぶつけてきたのだった。

「僕もボスのために働けます。掃除も料理もやらせてください」

「俺のために働きたいなら一日も早く教育を終えてくれ」

家事ではなく、といくら言ってもサーシャは、両立できると言ってきかなかった。

「ココ一人では大変です。まだ小さいし、体調だって万全ではないのだから」

「いや、大丈夫だけど……?」

自分を理由にされるとは思っていなかったらしく、ココは不審顔になっていた。が、サーシャが睨《にら》むと、聡い彼らしく、ああ、と納得した表情となり口を閉ざした。気を遣ったんだろう。

「両立なんてできないくらい俺とキリオスでみっちり仕込むと言ってるんだが？」

特に腹を立てたわけではないのだが、言うことをきかせるために敢《あ》えて不機嫌になった演技をする。と、サーシャは俺が想像していた以上に狼狽《うろた》え、泣きそうな顔になってしまった。

「も、申し訳ありません……！　でも……でも、僕もボスの食事を作りたいし、ボスの服を洗いたいし、ボスの部屋を掃除したいんです」

「………」

それでも主張を曲げない彼を前に、俺はつい、ココと顔を見合わせてしまった。てっきり自分の居場所をココに奪われることを恐れていると思ったから、きっちり『居場所』を──『ギルドの顔』という役職を与えてやれば安堵すると思ったのに、と戸惑いを覚える。

「僕も暫くはサーシャさんが手伝ってくれたら助かるかなーっと」

空気を読むことにかけては前世でもピカイチだったココが、そんなフォローを入れてくる。

悪いな、と俺は心の中で呟くと、

「それなら当面、サーシャも家事を手伝ってくれるか？」

と落とし所はここかと、溜め息まじりにそう告げ、安堵するサーシャを前に俺もまた安堵の息を吐いたのだった。

しかしその安堵も束《つか》の間だった。サーシャの胸に青薔薇の痣が出現したのである。気づいたのは剣の稽古のときだった。最近サーシャの実力が上がったため、こっちも本気にならざるを得ないのだが、そのせいで剣先が彼のシャツのボタンを飛ばすことになってしまったのだ。

練習用の剣でなければお互い怪我《けが》をしていた。

「すまん、大丈夫か」

攻撃を封じるにはこちらも攻撃を仕掛けるしかなく、胸を突いたとき勢い余ってボタンを飛ばすことになった。

「だ、大丈夫です」

慌てた様子でサーシャがシャツの前をかきあわせようとする。彼が必死で何かを隠そうとしていることに気づいたときには俺は彼に一歩踏み込み、その手を掴んでいた。

「ボ、ボス……」

サーシャが泣きそうな顔になる。が、俺に逆らうという選択肢は、彼にとってはあり得ないようだった。

もしや、と思いつつ、己のシャツを掴んでいた彼の手を外させ、前を開かせる。

「！」

目に飛び込んできた光景を俺は生涯忘れないだろう。滅多に外に出ることがないためサーシャの肌は抜けるような白さを保っているのだが、その白い胸に鮮やかな青薔薇が、それはくっきりと浮かび上がっていたのである。

「サーシャ、お前……」

痣が出るタイミングは今だったのか。まだ先のことだと思っていた。しかし本当に鮮やかなものなのだなと、気づけば俺はサーシャの胸をまじまじと見つめてしまっていた。

青薔薇の痣はちょうど薄紅色の乳首のすぐ横に現れていた。白い肌に乳首も青薔薇もよく映える、などとくだらないことを考えていた俺の耳に、サーシャの細い声が響く。

「……何かの間違いです。こんな……」

「いや、間違いじゃないと思うぞ」

未来を知る俺は、サーシャを第二皇子と確信していたのであまり驚きはなかった。めでたいことじゃないか、と目線を上げサーシャの顔を見た瞬間、彼が少しも喜んでいないことにようやく気づいたのだった。

「……いつからだ？」

泣きそうになっているその顔を見たとき、俺は彼が痣の出現を隠していたことを確信した。

「……ボス、僕は……」

サーシャの赤い瞳がみるみるうちに潤んできたかと思うと、ポロポロと涙が零《こぼ》れ落ちていく。

「いつ、痣に気づいた？」

なぜ泣くのか、正直なところ俺には理由がさっぱりわからなかった。戸惑いだろうか。青薔薇の痣は皇帝の子供にしか出ないものであると、彼は知識として知っている。その痣がなぜ自分に現れたのかわからず、それで泣いているのだろうか。

泣くことはない。この先に開けているのは光り輝く未来だ。光の騎士団を結成し、己の信じるがまま、正しい道を——己のためというよりは帝国民の幸せのために進んでいく。

俺の知る前世では、ミハイル第二皇子は胸を張り堂々とそんな人生を歩んでいるように見えた。おかげで闇稼業のこちらは命を失うことになったのだが、『正義』とは真反対のことをしてきた自覚があるため当然と納得することはできた。

願わくば我々だけは見逃してもらいたいが、今その交渉をするのもな、と俺は身勝手な思考を一旦脇に置くと、笑顔を作りサーシャに話しかけた。

「泣かなくていいぞ。さぞ驚いただろうからな。お前の処遇については心配しなくていい。キリオスの父親はこの国の宰相なんだ。彼に任せておけば悪いようにはならない。だからもう、泣かなくても……」

「ボス……っ……僕は……っ」

泣かなくていいと言ったが、そう簡単に涙が止まるわけでもなかったようで、サーシャはますます激しく泣きじゃくり始めてしまった。

「大丈夫だ。落ち着け。すぐにも宰相がお前を迎えに来る。皇帝の息子として正当な扱いを受けられるはずだ。万一そうならなかったら、俺がなんとかする。だから……」

もう泣くな、と頬《ほお》に手を伸ばし、涙を拭ってやろうとした。が、サーシャは俺の手を掴んだかと思うと、一言、

「いやです……！」

と泣きながら叫び、何が嫌なのだと俺を驚かせた。

「え？」

「嫌です……！　僕はボスの側を離れません……！」

「ええっ？」

今、彼は何を言った？　意外すぎて俺としたことが、思考力が途切れてしまった。

「ボスと一緒にいたいんです……っ」

泣きながらサーシャが俺の胸に飛び込んでくる。

「いや……あの……」

どうすりゃいいんだ、と俺は子供のように声を上げて泣くサーシャの背を撫《な》でてやりながら、ただただ途方に暮れてしまったのだった。

なんとかサーシャを宥《なだ》め、睡眠薬を入れたホットミルクを飲ませて強制的に寝かしつけると俺は、まずはココに確認を取った。

「サーシャの胸の痣、気づいてたか？」

「あー……」

ココは一瞬言い淀んだが、やがて肩を竦めると、

「一週間前くらいかな」

と話し始めた。

「部屋が狭いので、ベッドをぴっちり並べて寝てるんだけど、僕のほうが先に目を覚ますことが多くて。目が覚めたら横で寝てるサーシャのパジャマの隙間から青い痣が見えて、びっくりして彼を起こしたんだ」

「一週間前か……口止めされたのか？」

黙っていた理由はそれしかないだろう。一応確認のためと問いかけるとココはこくんと首を縦に振った。

「自分で打ち明けるので黙っていてほしいと言われて。断ったらちょっと面倒なことになりそうだったので仕方なく」

「面倒？」

殴られるとかそういったことではなく？　と問いを挟むとココは、

「暴力を振るわれるとかじゃなく、なんていうか……逆らっちゃいけない、的な？　皇帝の子供って知ったからそんなふうに感じたのかも……」

と、首を傾げつつそう告げたあと、好奇心に溢れる瞳を向けてくる。

「あれはどう見ても青薔薇の痣だった。それまでなかったのが突然現れたってことはやっぱり、サーシャは皇帝の子供ってことだよね？」

「ああ。多分な。これから確認することになるがほぼ間違いない」

「すごいな。皇帝の子供と一緒に暮らしていたなんて。料理を教えてやったのが僕だって、覚えててくれないかな。大人になったあとも」

ココの饒舌《じょうぜつ》さに苦笑しつつ俺は彼との話を切り上げると、タイミングよく現れた――すぐ来てほしいと連絡を入れておいたのだ――キリオスとギルドの部屋で向かい合った。

「サーシャに青薔薇の痣が出現した。胸にあるのをこの目で見たし、ココも見ている」

「なんですって!?」

キリオスが珍しく動揺し、大きな声を上げる。

「一週間前からあったそうだ」

「隠してたんですか？　なんでまた？」

「さあ。怖かったんじゃないか？　皇帝の子供にしか現れない青薔薇の痣が自分にもあるってことが」

俺と離れたくないと言っていたことは、キリオスにはなんとなく言いそびれた。理由はよくわからない。揶揄《やゆ》されるのが予想できたからかもしれない。

「まあ、普通はビビりますよね。以前聞いた身の上話だと生まれたときから孤児だと思っていたようですし」

キリオスは簡単に納得してくれた上で、サーシャの育ってきた環境を今更思い出したらしく、やるせなさそうな顔になった。

「サーシャの境遇について、将来的に問題になったりしたら気の毒ですね」

「宰相様ならそこをなんとかしてくれるんじゃないか？」

頼りになる父親なんだろう？　と期待を込めてそう言うと、キリオスは、

「親父ならやってくれることでしょう」

と大きく頷き、席を立った。

「すぐ親父に知らせます。痣について知ってるのは本人とココ、それにボスだけですか？」

「多分な」

間違いないとは思うが、サーシャが目を覚ましたら確認すると言うと、キリオスはやれやれというように溜め息を漏らし、俺をじっと見つめてきた。

「なんだ？」

「……ボスの慧眼《けいがん》に恐れ入っているところです。半年前、よく見つけてきましたね」

「言っただろう？　俺は勘が働くって」

実際はときが巻き戻ったおかげだが、そんなことを言おうものなら頭は大丈夫かと心配されることがわかっているので、いつもの誤魔化しの言葉で流すことにする。まあ、勘が鋭いのは確かだという自負があるので嘘ではないのだが、と笑ってみせるとキリオスはまたも、やれやれというように溜め息を漏らし、首を横に振った。

「確かに顔も皇帝に似ているということだし、もしかしてそうなのかと疑ってはいましたが、まさか本当に第二皇子だったなんて」

「第二じゃない。第一だ」

そう。今の皇太子——第一皇子の青薔薇の痣はマルコが刺青として彫ったものだ。彼が皇帝の息子ではないとしたらサーシャこそが『皇太子』となる。

改めてそれを口にしてみて、とんでもないことだなと俺とキリオスは顔を見合わせてしまった。

「……と、とにかく親父と会ってきます」

俺同様、事実を受け止めきれなかったらしいキリオスはそう言葉を残し、俺の前から立ち去った。

ちょっと酒でも飲まないと整理がつかない、と俺は一人、ワインを飲み始めた。

サーシャの痣は前世でもこのタイミングで発現したのだろうか。どういうタイミングで現れたのだろう。その頃、彼はまだ性奴隷だったのか。閨で客に奉仕をしているときに見つかった——とか？

青薔薇の痣がどのような意味を持つものか、大抵の大人なら知っているはずである。大騒ぎになるはずだが、そうならなかったのは、客をとっているときではなかったということだろうか。

娼館《しょうかん》の主が発見し、畏れながら、と皇室に届け出た。結果、娼館ごと口を塞がれたと見るのが妥当だろう。

なるほど。そうか。サーシャを第二皇子として世間にお披露目する準備に二年以上かけたと、そういうことか。

これからサーシャはキリオスの父親である宰相のもと、前世と同じように第二皇子としての教育を受けるのだろう。とはいえキリオスから知識を得ているので、さほど時間はかからないはずだ。

問題は顔なんだよな、とグラスを傾けながら俺は一人、唸った。

半年前、オークション会場から連れてきたときと比べれば健康的にはなっているし、顔だちや雰囲気も『性奴隷』ではなく貴族の子供に見えなくもない。しかし、たった半年では性奴隷だったときの客が彼を思い出すことがない、というところまでは成長しきれていない。

赤い瞳は皇帝の息子の証となるが、珍しいその特徴を覚えている客は多いのではないか。青薔薇の痣がある限り、皇帝の息子という事実は覆らない。しかし性奴隷だった過去を背負わせたまま帝国民の前に立つというのはどうなのか。

可哀想じゃないかと感じている自分に気づき、俺は苦笑してしまった。

サーシャがこの先どのような人生を歩んでいくかなど、俺には関係ないことだ。彼が性奴隷と知っている人間として消されないよう我が身の安全を考えたほうがいい。やはりギルドの仲間ともども、国外に出るのが安全だなと心を決めていた俺の脳裏にふと、サーシャの泣き顔が過った。

『ボスと一緒にいたいんです……っ』

自分がここまで子供に慕われるとは思わなかった。酷い境遇から救い出してやったことへの恩義を感じているのだろうか。その恩は是非、今後俺たちのギルドは摘発しないという形で返してくれればと願う。

サーシャの泣き顔に、前世で命が尽きる直前に見た、ミハイル皇子の顔が重なる。あのとき見た赤い瞳も酷く潤んでいたな、と思い出した俺の胸には、自分でも何と説明できない不思議な感情が湧き起こっていた。

なんだか落ち着かない気持ちになったので、そうだ、と思いつき、サーシャの顔を見にいくことにした。

比較的強い薬を使ったので、目覚めることはないはずだ。青薔薇の痣ももう一度確かめておこうと思いついたこともあった。

「入るぞ」

ノックをし、サーシャとココの部屋の扉を開く。

「ボス、どうしました？　まだ目を覚ましていませんが？」

ココにはサーシャが目覚めたら教えてほしいと頼んであった。

「迎えが来る前に痣を確認しておこうと思ってな。お前も見るか？」

ココは既に見ているので、彼に痣を隠す必要はない。それで問いかけるとココは、

「見たい！」

と目を輝かせたあと、「あ」と小さく声を漏らした。

「どうした？」

「寝ている間にこっそり見られるなんて、サーシャは嫌だろうなと思って」

「……おそらく起きているときに見る機会は今後ないだろうよ」

キリオスの連絡を受けたら宰相はすぐに動くはずだ。皇帝の息子を安全な場所に移すべく、迎えを差し向けてくるだろう。

見るなら今だぞと伝えたが、ココは首を横に振り、ベッドを降りた。

「外に出てるよ」

「ココ。お前、いい子だな」

心の声が思わず口から漏れてしまった。ココはそれを聞き、

「うっせ」

と赤い顔で言い捨てると、そのまま部屋を出ていった。

さて、と俺はぐっすりと眠っているサーシャの上掛けをそっとめくると、シャツのボタンを外して胸を露《あら》わにさせた。

「………………」

練習場でさんざん見たとはいえ、やはり青薔薇だ、とついまた凝視してしまう。

今、ココに言ったばかりだが、もう二度とこの痣を見ることはなくなるんだよなと思ったせいか、自然と俺の指先は痣へと向かっていた。

痣に触れ、少しの凹凸もないことから、本物と確信する。まあ当たり前なのだけれど、と苦笑したとき、

「ん……」

とサーシャが微かに吐息を漏らしたので、この辺にしておくかと俺はまたそっとシャツのボタンを留め、上掛けをかけてやった。

半年というのは経ってみればあっという間ではあったが、あった出来事を思い返すとあれもこれもといろいろな場面が浮かんでくる。

全身舐めさせてくださいと言われてぎょっとしたのもいい思い出だ。いや、よくはないか、と笑うと俺はサーシャの髪をそっとすいてやり、ココと交代するべく部屋を出た。

サーシャは目覚めたらまた俺と離れたくないと言って泣くのだろうか。

ふと浮かんだ考えを、馬鹿馬鹿しい、と退ける。俺も多少は寂しく感じているようだと自覚せざるを得ないことに呆れてしまいながら、それどころじゃない、とこれからの身の振り方について、改めて計画を立て始めたのだった。


キリオスの父親である宰相はすぐにも動くだろうと確かに予測はしていた。が、まさか自ら俺のもとを訪ねてくるとまでは考えていなかった。

「いつも息子がお世話になっています」

俺のような真っ当とは到底いえない相手に対しても丁寧に頭を下げてきた宰相の顔は、キリオスによく似ていた。キリオスも年をとるとこんな重厚な顔になるのだろう。こうも己に似ているキリオスを彼が可愛がる気持ちもわかるなと思いつつ俺は、

「助けてもらっているのはコッチですよ」

と失礼すぎず、そして過分すぎない礼儀でもって挨拶《あいさつ》に答えた。

「息子が聞けば喜ぶでしょう」

父親らしく宰相が破顔する横で、その息子であるキリオスが、

「聞いてますけど喜んでないです」

とムスッとした顔で言い捨てる。父親の前で照れているようだ。

「青薔薇の痣をご自身の目で確認しにいらしたんですよね？」

確認を取ると宰相は――ちなみにセリアという名だが、俺が名前で呼びかけることはこの先もないだろう――慌てた様子で言い訳を始めた。

「信用していないというわけではありません。ただ、一刻も早くこの目で確認したかったのです。先日の刺青職人の件があるだけに」

「不快になど思っていませんよ。誰しも最も信頼しているのは己の目ですから」

帝国の宰相に気を遣わせるわけにはいかないと俺は笑顔でそう告げると、キリオスに目配せをし、先にサーシャの寝る部屋に向かわせた。

「間も無く目を覚ますはずです。彼のことは既に息子さんがすべて説明しているかと思いますが、何か質問がありましたらどうぞ」

サーシャと顔を合わせる前に、何か疑問を抱いているようなら、と問いかけると、宰相は少し躊躇った様子となったあと言いづらそうに口を開いた。

「名前はサーシャ、年齢は十五歳、自分を孤児と思っており、皇帝の子供であるという自覚

はなかった……ということですよね？　そして半年ほど前にあなたがオークションで落札した。その……奴隷として出品されていた彼を」

「そうです。それまでの境遇に関してもキリオス……息子さんから聞いてますよね？」

サーシャから話を聞くとき、キリオスも共にいた。俺の知る話はすべて彼も知っているので、追加で話すことはないはずだ。

「はい。なんとも哀れな境遇だったと……」

宰相は暗い顔になったが、すぐに笑顔を浮かべ口を開いた。

「ですがこちらに来てからはキリオスが勉学を、あなたが剣術を教え、ごく当たり前の日常生活を送るようになったと聞いています。未だ対人関係には不慣れで、顔を変える魔道具を使わないとあなたやキリオス以外の人間とは会えないということも」

「おそらく、かつての客と顔を合わせるのを避けているのではと。特徴的な瞳の色をしているので他人と会うときは瞳の色も変えています」

俺の説明を聞き、宰相は痛ましそうな顔になった。

「本当に人間の所業とは思えません。わずか八歳の子供に客を取らせるとは……」

溜め息まじりにそう告げたのは、俺に話しかけたというよりは心の声が漏れたという感じだった。確かに痛ましいが、それで終わらせることにはならないでほしいという願いを込め、俺は彼に向かい身を乗り出した。

「俺が彼を落札したのはルノーのオークションです。ルノーを叩けばどの娼館にいたかも、そして彼がどの奴隷商人から買ったかもわかるでしょう。八歳のときにいた娼館まで辿《たど》ればいいですが、本人の記憶は朧《おぼろ》げのようです。仕方がないことかと思いますが」

「勿論、この先殿下を煩わせることがないよう、万全を期しますのでご安心ください」

宰相が笑顔で頷き、文字通り胸を張る。

「余計なことでしたね、すみません」

すでに宰相はサーシャを『殿下』と呼んでいる。そんな彼がサーシャのためにならないものを見過ごすはずがない、と内心反省しつつ俺は、頼もしい帝国の宰相に頭を下げた。

「いえ。大事にしてくださっていたと聞いていますから」

笑顔のままそう告げた宰相が、ふと思いついた顔になり俺に問いかけてきた。

「それにしてもあなたは最初から殿下が皇帝の血を引くかただと見抜かれていたそうですね。どうしてわかったんです？」

「キリオスにも散々聞かれてますが、理由は特にないんですよ。いわば勘です」

「素晴らしい勘ですね。不快に思わないでほしいんですが是非言わせてください。あなたのような人が闇社会に埋もれているのは惜しい」

宰相の目は真剣で、世辞で言っているわけではないと伝わってきた。

「はは。闇社会にいるからこそ働く勘ですよ」

不快に思ったわけではないが嬉しく感じたわけでもない。しかし宰相には頼みたいことがある、と先にそれを伝えることにする。彼を安堵させる目的もあった。

「だからこそ、サーシャを宰相に引き渡したら我々は隣国へと逃れます。決してサーシャのことを人に明かすことはないのでご安心ください。そもそも、サーシャの本当の顔や痣のことを知っているのは俺とキリオスだけです」

「勿論私も自分の息子や殿下にとっての恩人の口を塞ぐことなど考えてはいませんよ。息子はどれだけ私を非道な父親だと伝えているんです？」

心外ですよ、と宰相が憤慨してみせる。多分に演技が入っているのがわかったので俺もまた冗談で返すことにした。

「キリオスからは情に厚い父親と聞いてます。キリオスに関してはこの国に残るかどうかは本人に決めてもらいますから」

無理やり連れて行くつもりはないと告げると宰相は、

「そんなことを聞けば息子が傷つきますよ」

と悲しげな顔になった。これは演技ではないようだが、それこそキリオスは俺のことをどう話しているのか気になってきた。が、今はそんなことを追及している場合ではない。キリオスは無事に部屋からココを出し、身を隠させているだろう。実際、サーシャの痣について知っている人間はさっき宰相に告げた俺とキリオスに加え、ココもなのだが、今後のことを考えてココの存在は隠しておいたほうがいいだろうと判断したのだった。宰相を信用しないわけではなく、単なる保険だ。

「それではサーシャのいる部屋にお連れします。痣が俺に見つかって興奮していたので睡眠薬で眠らせたのですが、間も無く目覚める予定です」

「わかりました。魔道具の映像では見せていただいていますが、実際この目で皇帝陛下のご子息を拝見するかと思うと緊張しますね」

宰相の声が上擦っているところを見ると、本気で緊張しているようだ。居住空間に宰相を入れることに躊躇いがなかったわけではないが、すぐにここを離れることになるからまあいいだろうと折り合いをつけた。

「なんと奥にこんな広い部屋が」

驚いている彼を、サーシャの眠る部屋へと連れていく。ノックをすると中からキリオスの「どうぞ」という声が聞こえた。

「どうぞ」

扉を開き、先に入ってほしいと宰相に頷く。

「……陛下……っ」

宰相はよろよろとベッドに近づいていくとぽろりとそう言い、その場で座り込んだ。

「親父？」

キリオスが慌てたように宰相の腕を掴み、立たせようとする。

「いや……もう、これは痣を見るまでもないでしょう。皇帝陛下の子供の頃にそっくりです」

宰相が涙声になっている。それなら、と俺もまた寝台に近づくとそっと上掛けを持ち上げ、未だ眠っているサーシャのシャツのボタンを外し、青薔薇の痣を露わにした。

「！　間違いありません。青薔薇です。陛下は手の甲に現れましたが、殿下は胸なのですね」

ああ、と宰相が感極まった声を上げる。

「ん……」

その声がサーシャを目覚めさせたらしく、小さくうめいたかと思うと彼の瞼《まぶた》がゆっくりと上がってきた。

「サーシャ、起きたか？」

興奮させないように、と可能な限り優しい声音を出し、彼が目を開ききるのを待つ。

「ボス……？」

薬で眠らせたせいか、随分と意識はぼんやりとしているらしい。この隙にと俺は彼の背に腕を回して身体を起こしてやると、宰相を紹介するべく彼に話しかけた。

「サーシャ、こちらにいらっしゃるのは帝国の宰相殿だ。青薔薇の痣を確認しにいらしたんだ。寝ている間に見せたりして悪かったな」

シャツのボタンが外れたままだったのに気付かれたとわかり、謝罪をしつつ俯《うつむ》いた彼の顔を覗《のぞ》き込む。

「宰相……」

「教えただろう？　帝国の政治を司《つかさど》るかただ。ちなみにキリオスの親父さんでもある。今後、お前の後ろ盾となってくれるおかただ。さあ、挨拶を」

宰相の前ということもあったが、サーシャを興奮させないようにという配慮もあって、俺はにっこりと、それは優しい微笑みをサーシャに向けた。目の端でキリオスが気味悪そうな顔になっているのが映り込んでいたが無視を決め込むことにする。

「今後……」

ぽそ、とサーシャが呟き、俺を見上げてくる。

「ああ。お前が皇族とわかったからには、ここに置いておくわけにもいかないからな。安心していい。宰相殿が一から百まで面倒を見てくれるから」

そこまで約束していたわけではないが、安堵させるためにこのくらいの誇張は許してほしいと宰相を横目で見やる。

「もちろんでございます。殿下」

宰相は既に寝台の前に跪《ひざまず》き、恭しげな態度でサーシャに接していた。合わせてくれて助かった、と笑みを向けようとしたそのとき、サーシャの高い声が室内に響き渡った。

「いやです！　僕をここから追い出さないでください！」

ベッドの上に立ち上がった彼が悲痛な叫びを上げたことにまず驚かされたが、俺が本当に驚くのはこれからだった。

「なんでもしますので！　ご主人様！　お願いです‼」

そう叫んだかと思うとサーシャはなんと、着ていた服を素早く脱ぎ捨て、全裸になって俺の前で平伏したのだ。

「おい、サーシャ、何をする⁉」

「僕はご主人様の性奴隷です。卑しい奴隷にご主人様をお慰めする機会をどうかお与えください」

裸の尻を突き上げ、額をシーツに擦《こす》り付けるようにして何度も頭を下げる。

「サ、サマルカンド殿……」

宰相は今や完全に腰が引けていた。

「誤解だ！　おい、キリオス！」

とりあえず宰相を部屋から出してくれ、と慌てる俺にキリオスもまた、慌てた様子で頷いてみせる。

「ご主人様！　お願いです！　なんでもしますので‼」

相変わらず哀願を続けるサーシャの高い声が響き渡る中、何をしてくれちゃってるんだと俺は完全に頭を抱えてしまったのだった。

8

宰相のことはキリオスに任せることにし、俺は全裸で頭を下げ続けるサーシャに彼が脱いだシャツを差し出した。

「服を着るんだ。サーシャ」

「……ご主人様……」

敢えて厳しい声を出したからか、サーシャが怯《おび》えた様子で顔を上げる。彼の赤い瞳から涙がはらはらと滴り落ちる様を見て、俺の胸には不必要としかいいようのない痛みが走った。

「サーシャ、いい加減にしろ。『ご主人様』なんてこの半年、呼んだことなかっただろう？」

宰相はサーシャが性奴隷だったことは知っている。が、キリオスからは既に奴隷根性は抜けていると知らされているはずだった。実際、サーシャが俺やキリオスに対して『ご主人様』だの『旦那様』だのと呼びかけたことは皆無だったのに、今日に限ってなぜ、しかも服を脱ぐとは、と、立ち上る怒りを理性で抑え込みながら俺は、サーシャの説得にかかった。

「そんな真似《まね》をしたのも、ここを出ていきたくないからだろうが、何をしたところでお前はもうここにはいられないんだ。わかるだろう？」

「どうしてですか？　僕はここにいたいんです。ボスの役に立ちたいんです！」

なら大人しく宰相と共に出ていってくれ――と言いたいところだが、前世で彼にギルドを壊滅させられているだけにここは慎重に、と俺は冷静さを保つべく息を吐き出すと、サーシャが手に取ろうとしないシャツを渡すために、彼の手を握った。

「いいから服を着るんだ。話をしよう。お前をそんな格好でいさせたくないんだよ」

これは俺の本心だった。性奴隷だった過去とはきっぱりと訣別《けつべつ》させてやりたい。まさか自らその記憶を利用しようとは思わなかった。彼にとってはこの上なくつらい過去だろうに、と溜め息を漏らしそうになるのを堪え、シャツを手渡す。

サーシャはのろのろとシャツを羽織ると涙に潤む目で俺を見上げてきた。

「サーシャ、青薔薇の痣は皇帝の子供にしか出ない。十五年前、皇后のメイドが皇帝の子供を産んだんだが、その赤ん坊が誘拐されたと宰相が調べてくれた。それがお前だったんだ。証拠は胸にある青薔薇の痣だ。お前は皇帝の子供なんだよ」

「……………」

サーシャは俯いたまま何も言わない。青薔薇の痣が出現した時点で、自分が皇帝の子供であることは彼自身にもわかったはずだ。それを受け止めかねた気持ちも当然、理解できる。

わからないのはここに残りたいという願望だ。皇族の一員となるのに、己の過去が――性奴隷だった過去が露わにされることに耐えられないからか、と考えたこともあった。が、先ほどサーシャは宰相の前で自らそれを露呈させるような行動に出ている。

一体彼の望みはなんなのだろう。俺への恩義を未《いま》だ返せていないとでも思っているのか。それなら安心していい。これから返してくれればいいから、と告げようか。

ともかく、と俺はサーシャの肩に手を置くと、彼の顔を覗き込み、説得を試みようとした。

「皇帝の子供だとわかった以上、ここにいることはできない。理由は簡単だ。俺は真っ当な人間じゃないからだよ。だからこそ、隠れて商売をしている。お前も薄々、勘づいていただろう？　キリオスから教育を受けているからな」

俺たちが表舞台に立てる集団ではないということは、当然理解しているだろう。そんなところに皇帝の子供がいられるわけがないということもまた、理解できるはずだ。

「……でも……僕はボスの側にいたいんです」

だがなぜかサーシャはその主張を曲げようとしない。

「なぜだ？」

それで俺はつい、そのまま彼に理由を問うてしまったが、返ってきた答えに更に戸惑うことになった。

「……ボスが好きだからです」

「そりゃありがたいが、いくら好いてもらっても、お前をここに置くことはできない」

それしか答えようがなかったからだが、サーシャがはっとしたように顔を上げた、その顔が絶望感に満ちていることに気づいて慌ててフォローに走った。

「好きと言ってもらえて嬉しいんだぞ？　だが、俺は闇社会の人間だ。これからいくら真っ当になろうと努力したところで、皇帝の子供の側にはいられないんだよ。お前は俺を牢屋《ろうや》に入れたいか？　処刑させたいか？」

「そんなこと！　絶対させません‼」

サーシャがギョッとしたようにそう言い、俺に縋ってくる。

「牢屋にぶち込まれたり、処刑されたりするくらいのことを、俺は今までやってきちまってるんだ。だからお前の側にはいられない。わかってくれよ。ああ、そうだ」

この手は通じるかわからなかったが、小さな嘘だ、と笑顔を作る。

「たまに……そうだな、数年に一回くらいは、顔を見せにくるよ。皇族がパレードをすることがあるだろう？　そのときに沿道で待っている。お互い、元気でやっていると報告し合おう。な？」

この帝国を出たら二度と足を踏み入れるつもりはないので、当然ながらパレードなんて見に来ない。それこそ数年経つうちには気も変わるかもしれないから、完全な嘘ではないということで、と、笑いかけた俺の前で、サーシャがふるふると首を横に振る。

「……それじゃ嫌です。話すこともできないじゃないですか」

「……じゃあ、秘密裡《り》に会いに行く。そのかわり、捕まえないでくれよ？」

とにかく、サーシャを宰相に引き渡すことが先決だ。これもまた嘘になるかもしれないが真実となる可能性もゼロではない。

我ながら言い訳がましいなと呆れていた俺を、サーシャが真っ直ぐに見つめてくる。

「どうしてもここにいては……ボスの側にいては、ダメなんですか……？」

可愛い。あざといくらいに。だがサーシャはあざとさを出せるような性格ではないので結果としてそうなっているだけだろう。

彼もまた、俺のもとを離れるしかないと納得しつつあるのではと察した俺は、それを後押しするべく、説得を続けた。

「ああ。そうだ。それに今の皇太子の問題もある。お前も知っているとおり、皇太子の青薔薇の痣は偽物だ。刺青によって彫られたものだ。つまりは現段階では皇帝の息子はお前一人ということになる。それだけにお前は皇室に戻る必要があるんだ」

このままでは皇帝の血を引かない人間が後継者となる。血筋がどれだけ大事であるかは俺に判断できることではないが、少なくとも皇太子——や皇太子周辺は、刺青で偽の痣を肌に刻んだ上、刺青職人を殺害した。そんな人間に国を統《す》べてもらいたくはない。

「………」

サーシャは俺の話を黙って聞いていた。泣き喚《わめ》くことがなくなっただけでも前進だ、と彼の頭にポンと手を置き撫でてやる。

「いい子だ。わかってくれたんだな？」

説得は成功したと思っていいだろう。キリオスが宰相の誤解を解いてくれていると信じ、俺は宰相を再び部屋に呼ぶべく立ち上がった。

「サーシャ、もしかしたらこの先、つらい試練が待ち受けているかもしれない。だがお前の未来には間違いなく栄光と幸せが待っている」

だから安心していい、と再びぽん、と彼の頭に手を置くと、サーシャは伏せていた顔を上げ、相変わらず潤んだ瞳で俺を見つめてきた。

「お前の人生に少しでも関われてよかったよ。幸運を祈ってるからな」

赤い瞳を見た瞬間、俺の口から思わぬ本音が漏れてしまった。

酷い境遇から彼を救い上げたが、それは将来の保身のためにすぎなかった。いつの間にか、情が移ってしまったようだ。俺らしくもない、と呆れてしまっていた俺の頭の中に、この半年の間、彼と過ごした日々が次々と蘇《よみがえ》ってくる。

初めて料理を教えた日のこと。肉を焦がして泣きそうになっていた彼をキリオスと二人で美味《うま》い美味いと大仰に褒めて慰めた。剣術の稽古で頑張りすぎる彼に息抜きをさせようと鬼ごっこを始めたら、意外に負けず嫌いで逆にお互い疲れ果てる結果となったこともあった。些細《ささい》な出来事も積み重なり、彼と過ごした日々の楽しさを物語る思い出となっていたことに今更ながら気づく。

「……ボス……」

サーシャの綺麗な顔がくしゃ、と歪み、彼が俺に抱きついてきた。

「よしよし」

こんなふうに泣きじゃくられたことは今までなかったように思う。それだけ心を許せる存在になれたのかと思うと嬉しかった。

いやちょっと待て。嬉しいって。我が思考ながら寒いんだが。寒気に耐えつつ俺はサーシャを抱き締め続け、彼の涙が収まるのを待ってから再び宰相に会わせるべく部屋を出た。

「ボス」

呼びかけてきたキリオスが、任せろというように頷いてみせる。無事に誤解は解けたようだと安堵し、俺は彼の側に立つ宰相に声をかけた。

「サーシャのこと、よろしくお願いします」

「殿下を説得してくださりありがとうございます」

宰相が丁寧に頭を下げ返してきたので恐縮してしまった。

「迎えを呼びました。殿下を無事に陛下のもとにお連れするには私が連れてきた護衛だけでは心許ないと思いまして」

「それがいいでしょう」

宰相には既に、皇太子の痣が刺青だという情報は伝えてあった。それだけに皇太子側が

――母親である皇后が、『本物』の皇帝の子供を排除する危険があるとわかっているのだろう。

頷いた俺に宰相が改めて礼を言う。

「本当にありがとうございます。帝国の未来を救ってくださったご恩は忘れません」

「はは」

さすが皇室命の宰相である。皇帝の子供ではない皇太子の存在が余程許せないらしい。そんな彼であればサーシャの身の安全をこれでもかというほど図ってくれることだろう。

しかしギルドまで護衛に迎えにきてもらっては、目立って仕方がない。それで俺は宰相に、街外れの路地で迎えの馬車と護衛を待機させてほしいと申し出たのだった。

「ここから地下道で繫《つな》がっているんです」

前世では仲間をそこから逃し、入り口を塞いだのだったと懐かしいことを思い出す。未来なのに『懐かしい』というのも不思議だがと思いつつした提案は、無事に宰相に聞き入れられ、俺とキリオスで宰相とサーシャをそこまで送ることになった。

サーシャは納得してくれたはずだが、瞳はずっと潤んでいた。が、地下道を使うのは初めてだったので、好奇心が芽生えたらしく、キョロキョロとあたりを窺っているのを見て、少しは悲しみや寂しさが紛れたのだろうかと微笑ましく思った。

寂しくないといえば嘘になる。だが安堵もしていた。本来いるべき場所にサーシャが戻れるのは俺としても嬉しかった。彼の前には輝かしい未来が開けている。幼い頃に苦労――などという言葉では足りないほどのつらい目に遭った彼だけに、幸せを手にしてほしい、などと、真っ当な人間が抱くような願いを自分が抱いていることへの違和感は半端なかったが、そんな感情も今日までだと自分の中で整理をつけた。

長い地下道を進み、ようやく出口が見えてきた。街外れの小さく目立たない民家に出口は繋がっており、護衛はその民家の前で待っているはずだった。

長距離を歩かせたせいで、宰相は少し疲れた様子だった。

「お疲れ様です」

声をかけ、扉を開けようとしたそのとき、またも俺の勘が働き、扉にかかる手が止まった。

「サマルカンド殿？」

「静かに」

どうしたのだと声をかけてきた宰相を小声で制する。間違いなくドアの向こうには複数名の人間がいたが、その全員から殺気を感じた。

「……どうやら宰相の周囲に皇后のスパイがいたようですね」

「なんだと⁉」

宰相が声を上げるのを口を塞いで黙らせる。

「とりあえず引き返しましょう。挟み撃ちされる危険もありますが」

剣を持ってはきたが、俺一人で宰相とキリオス、そして何よりサーシャを守り切る自信はなかった。こんなことならもう数名、腕の立つ仲間を連れてくるべきだったと後悔してもあとの祭りである。

と、先ほどの宰相の声が漏れたのか、鉄製の扉を破ろうとしているバンバンという音が響いてきて、俺の言葉が嘘ではないことを証明した。

「なんてことだ……！」

ショックを覚えている宰相を引きずるようにして引き返す。が、すぐに前方から大勢の足音が聞こえてくることに気づき、俺は足を止めた。

まずい。挟まれた。サーシャと宰相は助けてやりたいが可能だろうか。

出口の扉が破られたらもう、生き延びるチャンスはない。迷っている時間はないのだと心を決めた。

「俺が突破口を作る。キリオス、サーシャを頼んだ！」

そう告げたあと振り返ることなく駆け出した俺の耳にサーシャの高い声が響く。

「ボス！　僕も行きます！」

無視をしたのは、来られたら困るからだった。サーシャは剣を持っていない。それに前方からの足音の数からして正直、自分以外の人間を気にかける余裕はなさそうだった。

俺の武器は懐のナイフと腰の剣のみ。何か魔道具を持っておくべきだった。そうだ、空間移動の魔道具をサーシャに持たせるべきだったのだ。後悔先に立たず。あとも絶たず、だ、とくだらないことを考えているうちに追手が視界に入るところまで迫ってきた。

全部で六名。しかし後続がいないとは限らない。とりあえず、と懐のナイフを立て続けに三本投げたが、急所に命中したのは一人のみで、残りの二本は剣で弾かれた。相当の手練《てだ》れであることがわかると同時に諦観が込み上げてくる。

しかし諦めるわけにはいかない、と剣を抜き、ヘッドと思われる相手に向かおうとしたそのとき、すぐ背後からサーシャの声が響いてきた。

「ボス！」

「馬鹿！　なぜ来た‼」

キリオスが止めてくれると信じていたのに、と慌てて彼を庇《かば》うために位置を確認しようとした、その隙を突かれないわけがなかった。

胸に衝撃を受け、視線を前へと戻す。

「……っ」

俺がヘッドと推察した男の剣が胸に深々と刺さっていた。が、まだ動ける、とその剣を抜こうとする男にナイフを投げる。

トドメを刺したという慢心が男に隙を生んだ。ナイフは男の首に命中し、男がくずおれる。

「サーシャ……っ。剣を……っ」

俺はもう、彼を守る術《すべ》がない。だから、と手にしていた剣を彼に渡そうとしたが、もう、立ってはいられなかった。

「いいか……生きろよ。なんとしてでも……っ」

意識が遠のく。が、ギリギリまで、サーシャの盾になるつもりだった。

時が三年前に巻き戻ったと認識してから半年が過ぎた。もともと前世で俺は死んでいた。この半年はおまけの人生といっていい。

だから自分が死ぬことに関しては諦めがついた。だがサーシャは、それにキリオスや彼の父親の宰相の命は守ってやりたかった。

サーシャの剣の腕は、残った男たちを倒すだけの力が備わっているだろうか。そうあってほしい。頼むから生きてくれ。

心からそう祈りながら俺は、背後にいるサーシャに向かい、自分が握っていた剣を、力を振り絞ってなんとか投げた。両手を広げ、サーシャが剣を受け取るまでの盾になろうとする俺へと、男たちが向かってくる。

彼らの剣が俺の身体を貫きかけたそのとき――ぐにゃ、と空間が歪み、次の瞬間、目の前が真っ暗になった。

不思議な感覚だ。死ぬってこんな感じだったか？　もうちょっと余韻のようなものがあった記憶があるんだが。しかし今度こそ地獄行きということか。この暗闇が天国のわけがない。

まあ天国に行けるとは思ってはいないが、と苦笑しようとした俺の耳に、聞き覚えのある声が響いてきた。

「どうしてですか？　僕はここにいたいんです。ボスの役に立ちたいんです！」

え？

物凄いデジャビュに襲われ、思わず目を開けた俺のその目に飛び込んできたのは、全裸のサーシャだった。

「え？」

心の声がそのまま漏れる。俺の手には彼のシャツが握られている。そして今の彼の言葉。ほんの数刻前、宰相と共にここを出ていくよう、彼を説得していた俺にサーシャがぶつけてきた言葉では？

「……夢……か？」

それとも俺は死んで、魂が幻を見ているのか？　一体どういう状況なんだ、と唖然としていた俺の手からサーシャがシャツを受け取り、おずおずと話しかけてくる。

「あの……ボス。夢じゃないです」

「……え……？」

もう俺の語彙は『え』のみになってしまったようだ。目の前にいるのは間違いなくサーシャで、これが夢ではないとすると一体何が起こっているのかと、まじまじと彼の赤い瞳を見つめてしまう。

「……これが僕の能力なんです。青薔薇の痣の……」

言いながらサーシャが、己の裸の胸をちらと見やり、再び視線を俺へと向ける。

「能力……？」

俺が鸚鵡返《おうむがえ》しに呟いた直後にサーシャが告げた衝撃的な内容に、頭が真っ白になった。

「はい。僕の能力は、自分が望んだ過去の時間にときを巻き戻す、というものなんです」

なんだそれは。

頭に浮かぶのはただその一言で、それから暫くの間、俺は惚《ほう》けたように彼をただ、見つめることしかできずにいた。


「ボス……？」

サーシャの呼びかけに、なんとか答えることができるようになるまでに少々時間を要した。

「……時間を巻き戻すことができるって？」

ようやく思考力が戻ってきたとはいえ、事実として受け止めるにはまだ気力が足りない。

俺が呆然としている間にサーシャは服を身につけ終えていた。どう考えてもこれは現実で、サーシャの言うことは事実だと、納得する。

「お前の能力……だったのか。三年前に戻ったのも」

「そうです」

即答したサーシャに俺はつい、こう問いかけてしまった。

「三年前がお前の『望んだ過去の時間』だったのか？」

「あ……いえ。そこはその……間違えました」

「……え？」

『間違えた』とは？　何をどう間違えたら三年前になったのか、という俺の疑問に、サーシャは丁寧に答えてくれた。

「……僕の部下があなたの命を奪ったじゃないですか。背後から弩《いしゆみ》で射《う》つという卑怯な方法で。僕はあなたの命を救いたいとあのとき願った。それであなたと最初に顔を合わせたときまで時間を巻き戻そうとしたんです。そうしたら……」

サーシャがここで言葉を区切り、やれやれ、というように溜め息を漏らす。

「僕があなたに初めて会ったのは、あのときじゃなかった。実は三年前、僕が性奴隷として出品されたルノーのオークション会場が最初の出会いだったと、過去に戻って初めて知りました。頭を抱えましたよ。僕はときは戻せても進めることはできない。またあの悲惨な時間を過ごさねばならないのかと絶望しました。でも！」

と、不意にサーシャの声が弾み、瞳がきらきらと輝き出す。

「ときが巻き戻る前とは違って、あなたが僕を落札してくれ、このギルドに連れてきてもくれた。あなたの側にいられる幸せが僕を有頂天にしました。三年前に巻き戻したのは間違いではなかった。あなたと過ごしたこの半年、僕は本当に幸せでした。そして……」

ここでサーシャが言葉を切り、俺へと手を伸ばしてくる。その手は俺の手を握り、ぎゅっと力を込めてきた。

「そして、ますますあなたが好きになりました」

「……は？」

熱っぽい視線と熱っぽい口調。紅潮した頬。上擦った声。すべてが彼の言う『好き』の種類がどういったものかを物語っている。

それだけに戸惑うしかなかった俺の口からは、自分でも呆れるほどの間抜けな声が漏れていた。

しかも彼は『ますます』と言った。それはつまり、と、思考の混乱を整理するために俺は彼に問いかけてしまったあと――死ぬほど後悔することとなった。

「ちょっと待ってくれ。俺を好きだから俺が死ぬ前にときを巻き戻したというのか？　皇族の能力を使って？」

「そうです」

握られた手が彼の熱を俺へと伝えてくる。

「あのとき初めて会った……いや、すれ違ったのはオークション会場でだったが、かかわったのはあれが初めてだったんだよな？　お前が光の騎士団を率いてウチを討伐にきたあのときが」

「そのとおりです」

またもぎゅっと手を握り締めてきたサーシャが熱い視線を向けてくる。

「子供の命を守るために交渉を持ちかけてきたことにまず感心しました。今までの悪党の中にはそんな人物は一人としていなかった。あなたは本当に悪人なんだろうか、もっとあなたのことを知りたいと願ったときには多分――」

俺を見つめていた彼の赤い瞳がふっと伏せられる。長い睫毛《まつげ》の影が白い頬に落ち、微かに震える様に視線が釘付けとなってしまっていた俺は、不意にサーシャが再び伏せていた目を開いた、その潤んだ赤い瞳から目を逸せなくなっていた。

「多分……恋に落ちていたのだと思います」

「……恋……」

俺とは最も縁遠い言葉だと思っていた。適当に遊びはするし性欲も発散させてはいるが、誰か特定の相手を恋しいと感じることはあまりない。

こんな裏稼業に身を置いていると、愛だの恋だのがいかに現実味のないものであるかもわかってくるし、万一、そんな対象が見つかったとしても、今までの悪事の報いを受けいつ法の裁きのもとに処刑されるかわからない自分がとらわれるものではないと無意識のうちに牽《けん》制《せい》もしていた。

そんな俺に恋だなんて、と笑い飛ばそうとしたが、サーシャの真剣な目を見ると躊躇われ、俺は阿呆《あほう》のように彼を見つめることしかできずにいた。

「期せずして三年前に巻き戻ってから、あなたをより深く知る機会を得られた結果、ますますあなたへの想いが募っていきました。自分に青薔薇の痣が出ることがわかっているだけに、痣が出たあともなんとしてでもあなたの側にいられるよう画策するつもりでした。まあ……あなたの説得を覆すことはできなかったわけですが」

サーシャが苦笑し、赤い瞳が微笑みに細まる。今まで俺が見てきた彼なら、絶対に浮かべない表情だ、と俺はまたもまじまじと彼を見つめてしまっていた。

「……とはいえ、前回とは立場が違います。皇太子が皇帝の息子ではないとなると、僕が帝国の皇太子になる。そうなったあとにあなたを迎えにいけばいい。皇帝を説得する自信はありましたし、最悪、皇帝になるまで耐えることになっても、なってしまえば僕に逆らえる人間は帝国内にはいなくなりますし」

にっこり、と微笑むサーシャの瞳に漲《みなぎ》っているのは覇者の力強い意志だった。

その意志を俺に使うというのはともかく、彼の心情もそして意図もようやく理解できた、と俺は思わず溜め息を漏らしていた。

「ボス……」

その溜め息をどう解釈したのか、途端にサーシャの瞳が揺らぎ、いつもの——俺のよく知るおどおどとした表情となる。

「いや……うん。それで今回は、出発する前にときを戻したと、そういうことだな？」

理解はできたが、告白に対してどう返事をすればいいのかということにはまだ気持ちが追いついていなかった。断る一択ではあるが、それをできないでいる自分自身の心理が正直、よくわかっていない。

相手が皇太子だからとか、断ったら気弱な彼が——まったく気弱ではなさそうだが——傷つくだろうかとか、そういう配慮なのか、はたまたまったく違う種類の感情なのか。ともかく今は、と俺は自分の気持ちを敢えて脇に置き、この先に起こる現象を繰り返さないようにとサーシャに問いかけた。

「はい、そうですが……」

サーシャは戸惑った様子だった。俺が話をいきなり変えたからだろう。

「それなら宰相のところに行こう。空間移動の魔道具が確かまだ二つあったはずだ。宰相とお前で使うといい」

「でもこのギルドは間もなく攻撃されるんですよ？」

サーシャが焦った顔となる。

「その前に逃げるさ」

「どこに！」

「どこかに」

考えてはいないが、身の安全が図れる場所の心当たりはいくつかあった。

ギルドの仲間にも知らせねば、と思考がそちらに向いた直後、サーシャが俺に抱きついてきたため、ぎょっとして思考が途切れてしまった。

「サーシャ？」

「離さない！　僕の前から消えるつもりですよね！　絶対に嫌だ！」

「お、落ち着け。そこまで考えてなかったから」

とりあえず逃げようと思っただけで、と言うとサーシャは俺の胸に伏せていた顔を上げた。

「本当ですか？」

「ああ。それにお前の能力を知った上で、お前から逃げられるとは思わないよ。またときを巻き戻されたら会うことになるんだし」

「あ……そうですね」

サーシャが腑《ふ》に落ちた顔になる。もしや気づいていなかったのか？　だとしたら俺は間違いなく墓穴を掘ったなと後悔したがすでにあとの祭りだった。

「そうですよ。ときを戻せばいいんだ。ああ、でも不思議なんですよね」

サーシャが明るい顔で俺に話しかけてくる。

「不思議って何が？」

「能力が発現してから何度か時間を巻き戻してみたんですが、巻き戻る前の記憶を持っていた人は自分以外、周囲に誰もいなかったんです」

「……ああ、そういえば……」

三年前に戻ったと認識している人は俺以外いなかった。しかし本来なら俺もまた、記憶がなかったはずだと、サーシャは言っているのだ。

「なのにあなたは記憶がある。だからこそ僕を性奴隷の身分から救ってくれた。やはりこれは運命だったんだと確信しました！」

サーシャの顔がぱっと輝く。

「いや、多分、お前の身を救うためじゃないのか？　神様——なんだかわからないが、お前に同じつらさを味わわせないように、とかそういったことで」

「いいえ！　僕にとってあなたは運命の人なんです！　今もあなたにはついさっき起こったことの記憶がある。でも多分……」

サーシャがここまで言ったとき、扉がノックされ、キリオスが顔を出した。

「ボス、親父が痺《しび》れを切らしつつあるんですが」

「……あなた以外には……ね？」

サーシャが俺にしか聞こえない声で呟き、にっこりと笑いかけてくる。

「……キリオス、宰相と話したい。どうやら情報が漏れている」

「なんですって⁉」

キリオスが驚いた声を上げる。確かに彼にも宰相にも殺されかかった記憶はないようだ。

彼や彼の父の命を守れたのならそれはそれでよかったか、と思いつつ俺は、未だ俺に抱きついたままだったサーシャを見下ろし、頷いてみせたのだった。

9

宰相が俺の言葉を信用するまで時間がかかるかと思ったが、キリオスより余程早く信じてくれた。どうやら心当たりがあったらしい。

「私が皇城に戻り、すぐに諸々《もろもろ》、手配します。まずは皇太子の身柄を拘束し、第一騎士団をこちらに向かわせますので」

宰相はそう言ったあと、いらないと固辞したにもかかわらず空間移動の魔道具の代金を支払い、それで皇城へと戻っていった。

半刻もしないうちに第一騎士団がやってきて、サーシャだけでなくなぜか俺とキリオスまで城に連れていかれることとなった。俺たちのアジトに攻撃をしかけようとしていた男たちは第一騎士団がすでに討伐済みで、捕縛された彼らと共に俺たちは城へと向かったのだった。

「このまま我々も牢屋行きってことにはならないといいですよね」

通されたのは牢屋ではなく、客間ではあったが、この先のことはわからない、とキリオスが肩を竦める。

「投獄されるようなことをしていないとは言えないからなあ」

とはいえ、真の皇太子を見つけたのだから、褒美はいらないかわりに罪も問わない、という流れに持っていくのはどうだろうと彼に提案すると、

「交渉の機会があることを祈りましょう」

　とまたも肩を竦められてしまった。

「どうした？」

「いや、つくづく、ボスの勘の鋭さに感動しているんです。それに……」

「それに？」

　少し言い淀む感じが気になり問いかけると、さすがキリオス、彼の勘のよさこそ誇るべきだろうということを言い出した。

「サーシャがなんというか……今まではちょっと印象が違うような気がするんですよね。堂々としているというか。まあ、皇太子になるわけなので、今までのようにオドオドしてはいられないと思いますけど」

「早くも自覚が出たのかもな」

　俺がそう答えたところで扉がノックされた直後に開き、宰相が護衛と思《おぼ》しき騎士たちと共にやってきた。親子ではあるが部下の手前、いつもの呼びかけは遠慮したらしく、キリオスが口を閉ざしたまま立ち上がり頭を下げる。彼に倣い俺も同じく頭を下げると、宰相は騎士たちを部屋から出したあと、

「座ってくれ」

と告げ、俺たちは彼の話を聞くべく再び腰を下ろした。宰相もまた腰を下ろしたあと、口を開く。

「まずは皇太子の痣が偽物であることが証明され、現在、皇后と皇太子の身は離宮に移されている。皇太子が誰の子供であるかは今、調査中だが、間もなく知れるだろう」

「皇帝陛下は納得されているんですか？」

キリオスの問いももっともだが、陛下の許可なくしてできることではないはず、とそこを指摘する。

「もしや陛下は薄々気づいていらしたのですか？　皇太子がご自分の子ではないことを」

俺の問いに宰相が、ほう、というように目を見開く。

「それもある。そもそも皇帝と皇后の仲はご成婚当初から冷え切っていた。それでいて皇后の、皇帝が他の女性と関係を持つことへの干渉は酷い。それが嫉妬心からではなく、皇帝の血を引く子供ができるようなことがないためだと説明したところ、それならわかるとすんなり納得された」

「だからこそ『すんなり』離宮への幽閉も認めたということか……」

キリオスが一人納得した声を上げる。

「サーシャは皇帝と会えたんですか？」

俺が気になっているのはそこだった。あれだけ同じ顔をしているから息子であることはすぐに認められるだろうし、何より青薔薇の痣がある。今の彼の姿は性奴隷とはかけ離れているし、彼にはこの先の未来に起こることへの『記憶』もあるので、万が一にも皇帝との対面で相手に悪印象を与えるようなことはないだろうに、今までの癖か、つい心配してしまう。

「ああ。会えた。陛下が泣いて詫《わ》びられていた。陛下は彼が生まれることは把握していたらしい。名前も決めていたということで、その名を名乗るようにと名前を下賜された」

「……もしやその名が……」

ミハイルだったということか、と呟きそうになり慌てて言い換える。

「ど、どんな名前になったんです？　サーシャは」

「ミハイルという名を賜ったんだが、殿下は『サーシャ』ではだめかと陛下に聞いていた」

「なんてことだ」

キリオスがぎょっとした顔になる。俺もまたぎょっとし、宰相に確かめてしまった。

「サーシャは大丈夫でしたか？　皇帝の怒りを買ったりは？」

「陛下も驚いていらしたが、いきなり名前を変えよと言われても戸惑う気持ちはわかると笑っていらした。『サーシャ』という名前に馴染みがあるのならそのまま使うといいともおっしゃっていた」

「皇帝陛下、新しい息子にメロメロですね」

よかった、と心底安堵した顔になるキリオスがそう言い、俺を見る。

「同じ顔をしているし、愛着もすぐ芽生えるとは思っていたが、想像以上だな」

俺もまた安堵し、そう返したあとに視線を宰相へと向けた。

「我々に関してお咎《とが》めは？」

「あるはずがない。サーシャ殿下が無事であったのも、そして前皇太子が皇帝陛下の子供ではないことが明らかになったのも、すべてサマルカンド殿、あなたのおかげだというのに」

「とはいえサーシャの……サーシャ殿下の生い立ちを知れば、俺たちの口を塞ぐことをお考えになるかもしれない……ということはありますよね？」

帝国の皇太子が性奴隷だったなど、あってはならないことだ。過去を知る人間はすべて口を塞ぐ――即ち命を奪うという選択をするのではという俺の読みは当たる確率のほうが高そうである。

「すでにサーシャ殿下から陛下に説明されていたよ。その上で世話になった皆への褒美をも願い出、陛下もそれを承諾なさった。これまでの罪は一切問わないことと、望みの身分を与えること、それに加えて白紙の小切手も約束されていた。報酬額はお望みのまま、というわけだ」

「なんですって!?」

キリオスが驚きの声を上げる。

「じゃあ極端な話、僕が伯爵になりたいっていったらなれるってことですか？」

「そのとおりだ。なりたいのか？」

宰相の問いにキリオスが、う、と言葉に詰まる。

「なればいい」

これまで娼婦の子として虐げられていた彼が貴族の身分を望む気持ちは痛いほどによくわかった。もらえるものならもらっておけ、と俺はキリオスに笑いかけた。

「ボスは？」

「俺はほとぼりが冷めたら市井に戻してもらうつもりだ」

ゆくゆくは帝国を出て新しくギルドを作る。そのためには金も必要となるので、白紙の小切手はありがたくいただくつもりだった。

「なら私も」

身を乗り出してきたキリオスの肩をぽんと叩き、首を横に振る。

「お前はお前の望みを叶えればいいさ。俺に気を遣うことはない」

「気なんて遣ってませんよ！　僕の望みはボスの側にいることです！」

「…………」

同じような台詞をサーシャから聞いたばかりだ、と俺はまじまじとキリオスを見た。

「なんです？　嘘じゃないかと疑ってるんですか？」

キリオスが不機嫌な口調で俺を睨み返してくる。

「……いや、ちょっと感動しただけで……」

つい、『お前も俺が好きなのか？』と聞きそうになってしまったが、直後にあり得ないと判断し、適当に誤魔化した。聞いたあとのこの場の空気を想像しただけでいたたまれなくなったからだ。

「当然のことを言っただけです」

胸を張るキリオスを見つめる宰相は切なそうだった。息子の栄誉を得る機会が失われるのが悲しいのだろう。

「伯爵になったって俺の手伝いはできるぞ？　なったほうがより役立ってもらえるかも？」

親心をわかってやれ、と俺はキリオスにそう持ちかけてみた。途端に宰相の顔がパッと輝く。わかりやすい表情の変化をキリオスが見逃すはずもなく、やれやれというように溜め息をつき、父親へと視線を向けた。

「別に爵位などなくても、私は充実した毎日を送っていますから。親子関係も良好ですし」

「キリオス……」

宰相は何か言いかけたが、すぐに咳払《せきばら》いをし、話を変えた。

「ともかく、暫くの間は皇城に留まるようにというのが皇帝陛下のご指示だった。事情が事情なだけに受け入れてほしい。決して悪いようにはしないから」

そこは私が責任を持つ、と宰相にそこまで言われては受け入れないわけにはいかなかった。

キリオスと俺は隣り合っている別々の客間を当てがわれ、身の回りの世話をするメイドもそれぞれに数名つけられた。メイドだけでなく護衛まで扉の前に配置されたが、護衛というよりは見張りだろうというのが俺とキリオス、二人の共通した認識だった。

皇帝が我々から直々に話を聞きたいと言っている、それには数日の準備がいる、というのが皇城に留め置かれた理由となっていたが、本当にそれだけだろうかとキリオスは疑っていた。

「自分の父親を信用しないわけじゃありませんけど、サーシャの……おっと、サーシャ殿下の顔や素性を知っている我々の口を塞ぐつもりじゃないですかね」

キリオスのこの疑いは、翌日、ココが連れてこられたことでますます深まったようだった。

「びっくりしたよ。騎士にいきなり取り囲まれたかと思ったら、何の説明もされずに連れてこられたんだ」

ココは皇城の客間の豪華さにすっかり興奮していた。騎士たちも強引ではあったが、手荒な真似は少しもしなかったという。

「他の皆は？」

ギルドの連中は無事だろうかと問いかけると、さすがココ、状況を詳しく把握しているだけでなく、それを簡潔に説明してくれた。

「無事だよ。皆、それぞれに身を隠している。でもウチ以外の闇ギルドは今、大変なことになってるんだ」

「大変とは？」

キリオスが問うのにココが答える。

「一斉摘発されてさ。有名どころはあらかたやられて、ギルド長以下、下っ端まで全員投獄されたんじゃないかな。ウチだけ見逃してもらってるんじゃ？　って感じだよ。そんなことはないだろうけど」

「……ボス」

キリオスの呼びかけに俺も頷く。まさにココが『そんなことはない』と思っていることが事実だと二人して確信したからだ。

「ボスとココと私が集められたのはやはり、サーシャの素顔を知っているからじゃないでしょうか」

ギルドの仲間たちが現在『見逃して』もらえているのは、彼らがサーシャの顔を知っているか否かを判断するためではないか。もしも知っていると見なされれば全員口を塞がれるのではと、キリオスはそれを案じていた。

「え？　サーシャの素顔を知ってちゃダメなの？」

キリオスの表情が深刻なものだったからだろう。途端にココが心配そうな顔になる。

「……まあ、悪いようにはならないだろう」

口を塞がれる可能性はもちろんゼロではない。かなり高いかもしれないが、それでも俺がそう心配していなかったのはサーシャの能力を知っているからだった。もし、俺たちが皇帝の指示で殺されるようなことになったとしても、サーシャが確実にときを戻してくれる。しかし改めて考えると、ときを戻すというのはすごい能力である。歴代皇帝の能力の中でもピカイチなのではないだろうか。

「ボスは楽観的ですね」

キリオスはもちろん、ココにも呆れられたが、「俺は勘がいいんだ」で押し通した。

そうこうしているうちに外部から情報を遮断されたまま数日が経ち、キリオスやココが諦めの境地に至った頃、ようやく宰相が俺たちを皇帝に会わせると呼びに来た。

「こ、皇帝陛下と会う⁇」

ココは頭が真っ白になってしまったらしく、その場で固まってしまった。

緊張するようなら部屋で待つかと聞くと、

「怖いけど二度とないチャンスだろうから！」

と我に返った様子となり、張り切り始めたのはいかにも彼らしいと苦笑してしまった。

キリオスもまた緊張していた。俺だって緊張しないわけではなかったが、まあなるようになるだろうと比較的リラックスした状態で向かうことができた。

通されたのは謁見の間ではなく客間で、既に皇帝とサーシャが腰を下ろして待っていた。

まさかの近距離に、さすがの俺も愕然としたが、サーシャが嬉しげに笑いかけてきたことで、彼の要望かと察し、やれやれと溜め息をつきそうになるのを堪えたのだった。

キリオスとココはカチカチになっていた。まあ仕方がないだろう。我々のために茶が用意されたあとには、宰相を残して室内にいた人間が全員——護衛も含めて退席したのだが、その状態になって初めて皇帝が口を開いた。

「長らく待たせてしまい申し訳なかった。改めて礼を言わせてほしい。行方不明《ゆくえふめい》の我が息子——たった一人の我が子とこうして引き合わせてくれたこと感謝に絶えない。本当に……本当にありがとう」

言っているうちに皇帝の声は震え、彼の赤い瞳からははらはらと涙が零れ落ちた。

「もったいないお言葉……」

正式にはなんと返せばよいのかわからないが、まあこんなもんだろうと適当に丁寧そうな単語を並べ、頭を下げる。キリオスとココも俺に倣って頭を下げたが、相変わらず緊張しまくっているのがぎこちない素振りから見てとれた。

「ボス、キリオスさん、ココ、皆のおかげで無事に父上に会えました。本当にありがとうございます」

サーシャもまた潤んだ瞳を向けてきた。演技とは到底見えないが、見た目は子供でも中身は三年後の十八歳なので、そのくらいの芸当はできるのだろう。

「……『ボス』呼びはもうおやめになったほうがよいかと……」

皇太子殿下が口にする単語ではない、と、つい突っ込んでしまったが、宰相が緊張するのがわかり、こっちから話しかけることはできないのかと察した。そういや貴族は身分の低い者から高い者に話しかけてはいけないのだったか。しかし俺は貴族ではないんだが、と心の中で呟いていたのが聞こえたのか、サーシャが笑顔で話しかけてくる。

「宰相、気にしないでください。私にとってこのかたは恩人なのです。今も私のためを思って助言してくれたのですから」

「は」

失礼いたしました、と宰相の緊張はさらに高まったようだった。にしてもほんの数日しか経っていないというのに、サーシャはすっかり皇太子然としているなと感心し、頭を上げて彼を見る。と俺を見ていた彼と目が合い、にっこりと微笑まれてしまった。

「今日の席を陛下に設けていただいたのは、謝礼はもちろんですが、ことの顚末《てんまつ》をご説明するためでした」

微笑んだままサーシャがそう言い、ちらと皇帝を見る。今まで微笑んでいた皇帝は一気に沈鬱な表情となったかと思うと、サーシャに頷き、視線を宰相へと向けた。

宰相が皇帝とサーシャに頭を下げたあと、俺たちに向かって説明を始める。

「もと皇太子殿下の青薔薇の痣は刺青であることが証明されただけでなく、皇帝陛下と親子鑑定を行った結果、不適合であることがわかりました。彼の父親は陛下ではなく、皇后陛下が皇室に入る前、ご実家の公爵家で長らく護衛の職についていた騎士であることも判明しました。皇后陛下が実家から連れてきた乳母がすべてを白状しました」

「……騎士……」

の息子を皇帝にしようとしていたのか、と啞然としたせいでつい、声が漏れてしまった。すみません、と謝ろうとするのを宰相が目で制し、話を続ける。

「騎士は現在、公爵家の領地の騎士団に所属していますが、彼自身はもちろんのこと、彼の息子がもと皇太子殿下と瓜二つだったことで事実とみなされています。当然親子鑑定は致しますが間違いないでしょう」

「……国中、大騒ぎになるね……」

ココにとっては初めて聞く話だろうが、聡い彼は状況を把握したらしく、ぼそ、とそんなことを呟いた。誰に対してというよりは独り言だったようだが、宰相はそれを拾い上げた上で衝撃的な事実を告げたのだった。

「このことが帝国内に広まることはありません。皇太子殿下はご病気のため蟄居《ちっきょ》、そして皇后陛下は……」

ここで宰相がちらと皇帝を見やる。皇帝が小さく頷くと宰相は再び口を開いた。

「……皇后陛下は自害されましたが、あくまでもその事実は隠し、数ヶ月を待って病死と公表することとなっています」

「！」

自害。本当だろうか。皇帝の本当の子供を誘拐し、捨てさせた――おそらく殺せと命じた――その罪を命をもって償わさせたのでは、と疑っているのがわかったのだろう。宰相は、違う、というようにゆっくり首を横に振った。

「皇后は自らナイフを胸に突き立てました。罪の意識からではなく、騎士が自分以外の女性との間に子供を作った、そのことに絶望したようです」

「え」

「それは……」

なんと言えばいいのやら。キリオスと二人してつい、声を漏らしたあと顔を見合わせてしまったが、宰相は俺たちの戸惑いを無視し、話を続けた。

「皇后逝去の報の前に、サーシャ殿下の立太子を公表いたします。青薔薇の痣もお披露目しますので、皇帝陛下のお血筋を疑われることはないでしょう。またご本人のご希望で、瞳の色のみ、最初は隠したいとのことでしたのでそのようにする予定です」

宰相がここまで言うと、サーシャが笑顔で話に入ってきた。

「ボスたちが真っ当な暮らしをさせてくれたおかげで、性奴隷だった頃からは顔立ちは随分と変わったのではと自分でも思います。ただ、赤い瞳は特徴的すぎるのでまだ大っぴらにする自信がなくて。青薔薇の痣があれば、陛下との血の繋がりを疑う人はいないでしょうし。あ、能力も同じなんですよ。少しだけ空間移動ができるんです」

「……」

サーシャの言葉が嘘であることはわかったが、リアクションを取らずにすませた。正しい能力を知れば彼の身の安全が守られなくなる危険がある。それほどの能力であることを一体どれだけの人が把握しているのだろう。さすがに皇帝は知っていよう。待てよ、もしかしたら公表されている皇族の能力には今までもフェイクが入っていたのではなかろうか。だからこそのしょーもないものばかりだったのでは、と新たな可能性に気付いたものの、どうやら見込み違いかも？　と思うようなことを皇帝が嬉しげに告げたのだった。

「余も嬉しいぞ。空間移動はなかなかに便利なのでな。尿意を催したときもギリギリまでベッドから出ずにいられる」

「は、はは」

当然これはジョークと思いたい。が、悦に入っている様子からして、もしや本心かも、と、帝国の未来を憂いてしまう。

「ボスたちには立太子の儀式の日まで皇城で過ごしていただきたいのです。そのあとのことについてはまた相談させてください。私は皆さんと共にいたいと強く願っていますが、その希望が皆さんの希望と寄り添えないものであれば新たな選択を考えます。もちろん、優先されるべきは皆さんの希望ですのでご安心ください。現在のところ皇帝陛下の一人息子としての身分をかけて誓います」

サーシャがきっぱりと言い切り、俺、そしてキリオス、ココへと順番に視線を向けてくる。

「……別人……？」

ココの心の声が彼の口から漏れ、横でキリオスが慌てて小突いていたが、キリオスもまた同じ気持ちのようで、らしくなく声を失っている。

「承知いたしました」

返事をするのは俺の役目となったが、それ以上に何を言えばと顔を上げてサーシャを見る。

「……ボスと二人で話したいのですが……」

目が合った直後、サーシャはそう言ったかと思うと、皇帝に許可を得るべく視線を父へと向けた。

「それでは余は部屋に戻ろう」

皇帝が立ち上がると同時に扉が開き、今まで退出していた護衛が皇帝の背後に立ち、すぐに部屋を出る。

「キリオスとココ君はこちらへ」

宰相に促されて二人もまた退室した。

「ボス、隣にいってもいいですか？」

二人になるとサーシャの表情が見慣れたものになった。が、おそらく演技とわかるため、こいつ、と睨んでしまう。

「……だめですか？」

それを拒絶ととったのか、はたまたすべて見抜いた上なのか、悲しげな顔になったサーシャに対し、まったく、と溜め息をつきつつ俺は、

「殿下、どうぞ」

とわざとらしいくらいに恭しい態度で頭を下げた。

「やめてください。ボス。今までどおりに接してください」

今度は本気で悲しんでいるような声を上げ、サーシャが俺に縋ってくる。

「……さすがにそれはできないんじゃないか？」

自分でも『皇帝陛下の一人息子』と言ってたじゃないか、と指摘してやりつつ、俺は彼の背をトントンと叩いてやった。

こうして慰めてやることもこの先なくなると思うと少し寂しくはある。しかしよく考えると、この中身は三年後の成長した『彼』なんだよな、と背を撫でていた手を止め、顔を覗き込む。

「……ボス……」

視線に気づいたらしく、サーシャが顔を上げ、俺を見る。

「『ボス』はさすがにやめたほうがいいと思うぞ」

今回、皇帝の表情に特に変化はなかったと思うが、サーシャが俺を『ボス』と呼び続けることは許容しないだろう。皇帝だけじゃなく、他の人間の手前もあるのだし、と、まずはそこを直させることにする。

「……でしたら……」

と、サーシャが恥ずかしそうに口籠もったかと思うと、頬を赤らめた状態で俺にこう尋ねてきた。

「……名前で、呼んでもいいでしょうか」

「ああ、もちろん」

それ以外に呼びようがないだろう、と頷くと、サーシャの顔が喜びにパッと輝いた。

「サマルカンド様！」

「『様』はやめてくれ」

自分が皇太子ということを忘れるな、と指摘する。

「サマルカンド……わあ、どうしよう。ドキドキします」

呼び捨てで俺を呼んだサーシャは、一人で興奮した様子となっている。

「慣れてくれ。殿下」

俺はすっかり『殿下』呼びに慣れていたというのに、サーシャはそれを嫌がった。

「サーシャと呼んでください。あなたは僕の特別な人なのですから」

「いや、特別って……」

前に告白はされたが、よく考えろ、と俺は彼の説得にかかった。

「皇帝の子供はお前一人。ということはお前は将来、帝国の皇帝になるんだぞ？ 俺みたいな悪党といつまでもかかわっているわけにはいかないことなど、説明しなくてもわかるだろう？」

「皇帝にはなりません」

だがサーシャの返しは俺の斜め上をいっていて、思わず、

「なんだって⁉」

と驚きの声を上げてしまう。

「確かに今現在、皇帝の子供は僕一人です。でも陛下はまだまだお元気ですし、今まで他の女性との間に子供を作ることを妨害していた皇后もいなくなったことだし、これから新しく皇后も迎えることになるでしょうし、皇后以外の女性との間にもバンバン青薔薇の痣の後継者を作ってもらえばいいんです。陛下ご自身もきっとそれを望まれていますよ。あれだけ好色な人ですから」

「好色って……お前なあ……」

帝国の皇帝に対して不敬すぎるだろう、と呆れつつ、事実であるだけに否定もできない、と唸った俺の胸にサーシャが顔を埋めてくる。

「待っていてください。三年……いや、あと二年もすれば、僕の身長も体格もあなたより大きくなります」

「……あ、ああ。そうだったな……」

前世では確かに俺より体格がよかったような、と思い出していた俺を見上げ、サーシャが嬉しげな声を上げる。

「あなたにとっても僕が特別な人間になれるよう、これから頑張りますから！　あなたをこの腕に抱く、その日までに必ず！」

「……え？」

ちょっと待て。今、ものすごく不穏な単語を聞いたような気がするんだが。

サーシャにとって俺は『ソッチ』なのか？　慌てて確かめようとした俺の背にいつの間にか回っていたサーシャの華奢《きゃしゃ》な腕にぐっと力が込められる。

「待ち遠しいです。本当に……！」

弾んだ声でそう告げる彼の腕の力強さに戦々恐々としながらも、まあなるようにしかならないかと諦観の極みにいるはずの俺の頬には、我知らぬうちに笑みが浮かんでいたのだった。

それから

　ときが巻き戻ってから三年の歳月が流れ、ようやく俺が死ぬ前の時間軸に追いついた。

　しかし帝国は、そして俺自身もまた、『前世』とはまるで違う状況となっていた。

　前皇后の実家である公爵家に牛耳られていた政治は、皇太子が中心となった新たな体制となり、税制改革やら雇用の確保やらで、平民たちにとっては実に暮らしやすい世の中になった。

　前世で『光の騎士団』が行っていた闇社会の摘発は同じく実施され、アルカンやルノーをはじめとする非人道的な連中はほぼ投獄され、罪の重い者は処刑された。前世と違うのは、グレーゾーンが認められているところだ。俺のギルドはそのグレーゾーンに入っており、摘発されることはないが、はっきりと法に抵触するとわかっていることをすれば当然ながら罪に問われる。

　しかしこうしたギルドの存在がなければ政治的・経済的強者の陰で泣き寝入りする人間が増えるということが、サーシャには身をもってわかっているため、見逃してくれているものと思われる。前世ではそんな考えに至る経緯がなかったので、すべての悪を根絶しようとしたのだろうが。

そういったわけで、俺は街に戻ったが、キリオスは城に留まり、サーシャの側近となった。とはいえ頻繁に俺のもとを訪れ、酒を酌み交わしている。ココは俺のもとに残り、前世と同じく身の回りの世話を焼いてくれている。

そしてサーシャは――宣言どおり、今や身長も体重も俺を超え、見事な美丈夫に成長した。前世で隠していた顔を今世では露わにしているため、帝国の女性たちの憧れの皇子様となっている。瞳の色は黒を選んだが、俺とお揃《そろ》いがよかったと言われ、なんともいえない気持ちとなった。

そんな彼もお忍びで頻繁に俺のもとを訪れる。というのも皇太子宮の地下から俺のギルドまで、秘密の地下道が作られたのだ。それを許可してもらえなければ城から出さないと二年半前に泣き落としにあい、渋々承知したのだった。

「サマルカンド！」

今日もサーシャはいつものように唐突に俺のもとにやってきたのだが、やたらと嬉しそうな顔をしていた。

「どうした？」

「僕に二人目の弟ができたんです。さすが父上でしょう？」

「皇后陛下のお子か？　それとも？」

前皇后の死を公表したあと、皇帝は政治力のない家門の令嬢――かつ皇帝好みの若い美女を皇后として迎え入れ、彼女はすぐに身ごもり去年皇子が生まれた。皇帝のことだから皇后以外の女性が相手でも驚きはしないが、と思い問いかけると、サーシャは苦笑し、肩を竦めた。

「皇后が懐妊されたんです。他所に子を作ると後々面倒なことになると父上には口を酸っぱくして進言しているのでおそらく、自制してくれるはずです」

「……本気で皇太子の座を譲るのか？」

サーシャは皇帝にはすでに、皇太子の座を弟に譲ると宣言しているそうだ。賢王になることと間違いなしであるだけに、周囲からは反対されているというが、幼い頃、性奴隷であったという事実が明らかになれば帝国内にも、そして対外的にも混乱を生むであろうからと固辞しているという。

しかし彼が頑《かたく》なに皇帝の座を望まない理由が他にあることを、俺はよく知っていた。

「もちろん。だって皇帝になどなってしまったら、子供を残さないといけなくなるじゃないですか」

さも当たり前のことを言うように目を見開き、呆れた口調でそう告げた彼の手が俺へと伸びてくる。

「僕があなた以外の人を抱くとか、本気で思ってますか？　あり得ないでしょう」

余裕のある笑みを浮かべ俺の腰を抱き寄せる。これがあの、華奢な身体を恐怖に震わせていたサーシャの成長した姿だと、誰が想像できただろう。

「真っ昼間っから何を考えているんだか」

ペシ、と手を払ったところで、またも強引に抱き寄せられる。

「だって三日振りですよ。よく我慢したと褒めてくれてもよくないですか?」

言いながらサーシャが唇を俺の唇へと寄せてくる。

「片時たりとて離れたくない気持ちを抱いているのは僕だけというのがなんとも切ないんですけど」

「……こっちはもういいおっさんだからなあ」

熱烈な恋愛感情を抱くようなトシでもないし、それに、と、押し付けられた下肢を見下ろす。前がわかりやすく膨らんでいるが、ソッチ方面も持て余すようなトシなんだ、と腰を引こうとしたが、サーシャはそれを許さなかった。

「おっさんじゃないです。愛《いと》しい人です、あなたは」

こんな台詞を照れもせずに言えるようになるなんて。感慨深い、などとしみじみしている場合ではなく、ソファにそのまま押し倒される。

「誰か来たらどうするんだ」

「来ません」

「ココが来るかも」

「あの子は空気を読むから大丈夫」

サーシャのほうがガタイがよくなる前からもう、腕力では彼にかなわなくなっていた。身分も遥《はる》かに上である。だが俺が抵抗しないのは力でかなわなかったり、命令と言われたら立場的に背けないという理由ではなく――まあ、いいんじゃないか？　と思えているからだった。

どうして彼に対してはそんな気持ちになるのかは、正直よくわかっていない。幼い頃から性奴隷としてつらい思いをさせられたことに対する同情も多少はあるが、それだけではなかった。

男も女も、気に入った相手と閨《ねや》を共にすることに躊躇いはなかったが、抱かれる側に回ったことはなかった。なのにサーシャを受け入れたのは――うーん、やはり彼の皇子という身分のせいだろうか、と改めて美しい赤い瞳を見上げる。

「……なに？」

最近ではちょいちょいこうして丁寧語が抜けるようになった。身分差でいえば当然なのだが、普段が丁寧な口調で話しているだけに、なんとなくどきりとしてしまう。

「いや。ちょっと昔を思い出しただけだ」

嘘ではなかった。三年前、あんなに可愛かった少年が、今や立派な青年に育っている。

青薔薇の痣の能力も歴代皇帝の中でも秀逸なのではないかと思うし、それ以上に政治力も求心力も、現皇帝とは比べものにならないほどに優れている。

皇帝になるべき人間であるのに、と、考えていた俺の思考を読んだのか、サーシャがまたも、やれやれというように溜め息を漏らし、俺に覆い被さってきた。

「いい加減、観念してください。僕にとっては国を統べるよりもあなたの恋人として生きるほうが有意義なんです。なんでわかってくれないかな」

「わかれってほうが無理があると思うぞ」

キリオスも、そして彼の父も、ついでに皇帝陛下も、俺たちの関係を知っている。最も受け入れ難いというリアクションをしたのはなぜかキリオスで、一番の難関と思っていた皇帝はサーシャの選択を諸手《もろて》を挙げて賛成していると聞いて驚いてしまった。

愛する息子の望みを叶えてやりたい、ということだったが、それがこんなおっさんを抱くことでいいのかと、俺のほうが頭を抱えたくなってしまう。

「……だって好きなんだもの」

甘えた口調になられてもな、と呆れそうになっていた俺に、

「あ、そうだ」

サーシャがにやり、と笑いかけてくる。

「昔を思い出したというなら、アレ、やりましょう」

「アレって？」

なんだ、と問いかけはしたが、嫌な予感しかしない。

「身体を舐めさせてください。あなたの身体をくまなく舐めることが僕の喜びなのです……

勿論、本心ですよ」

「……お前なあ……」

性奴隷だった頃のことは心の傷になっていたはずだが、こうして冗談として口にできるようになったのはよかった――などと安堵している場合ではなく、言葉どおり俺の首筋に顔を埋めた彼が、ぺろりとそこを舐めてくる。

「舐められるの、好きでしょう？」

「好きじゃない」

「嘘だ。感じてるもの」

閨での主導権は今や、サーシャに握られてしまっていた。立場的に、というよりは彼のテクが凄いのだ。

さすがもと性奴隷――とは言わないが、サーシャの性技はとにかく凄《すご》かった。初めて彼に抱かれたときのことを思い出すだに、羞恥《しゅうち》よりも感動を覚えてしまうほどだ。

苦痛はまるでなく、まさに『天国』を味わわせてくれた。それは初回だけでなく、回数を重ねるたびに与えられる快感が増していっているのがわかるし、彼がそれを認識しているのもまたわかっている。

そんなテクニックを——いや、それ以上に彼の胸に滾《たぎ》る情熱を、俺一人に向けるなんて果たしていいのだろうかと思わなくもない。

「またくだらないことを考えてる」

敢えて作った不機嫌な声音が頭の上で響いたかと思うと、首筋を強く噛まれる。今日は激しめでいくんだな、と察し、腰が立つ程度にしてくれよとサーシャを見上げる。

「ちょっとはおののいてよ」

もう、と不満げに口を尖《とが》らせた直後、ニッと笑った彼は、敢えての乱暴な所作で俺からシャツを剝ぎ取り、裸の胸にしゃぶりつくようにして唇を這《は》わせていったのだった。


「う……っ……ん……っ……」

裸に剝《む》いたあと、念入りという表現では追いつかないほどの丁寧さで、サーシャは毎度俺を愛撫《あいぶ》する。とにかく前戯が長いのだ。同じ男として尊敬する忍耐力だが、受ける側としては前戯だけで何度もいかされるのは体力的につらいものがある。

今日もまた散々、乳首を弄《いじ》られたあとに前と後ろを口で、指で攻められ続け、意識も朦朧《もうろう》となっていた俺を、サーシャは己の腹の上に座らせた。

「この体勢、好きなんだ。あなたが乱れるさまがよく見えるから」

うっとりした口調でそう告げる彼の頬は紅潮し、瞳はキラキラと輝いている。

俺は自分で動かなければならないのでそれほど好きではないのだが、俺を好き勝手にしているつもりはないという彼なりの気配りとわかるだけに、それを告げたことはなかった。

「いれて……自分で」

ぺろ、と上唇を舐める赤い舌。色っぽいじゃないかと、ほぼ飛んでいる意識の下、俺の鼓動がどくりと脈打つ。

まさか俺が男に抱かれる日がくるなんて。未だに信じられないがそれは受け入れ難いという意味ではなかった。

言われるがままに彼の勃《た》ちきった立派な雄を摑み、己の後ろに当てがう。今まで散々――本当に散々慣らされていただけに、ひくつきまくっていたそこは易々《やすやす》とサーシャの雄を受け入れた。

体重をかけ腰を下ろしていくにつれ、ズブズブと奥底まで逞《たくま》しい雄に満たされていく。

本当に、このトシになるまで知らない快感だったよ、と俺はサーシャを見下ろし、愛しげに俺を見上げていた彼と目を合わせると、ニッと笑った。サーシャもまた俺に笑いかけてくる。

「動いて」

興奮に上擦った声でサーシャが俺に命ずる。命令というよりは懇願かなと思いながら俺は、彼の望むがまま、自ら身体を上下させ、互いの快感を貪ろうとした。

「あ……っ……あぁ……っ……あっ……」

最初のうちは羞恥から声を抑えようとしていた。が、すぐにその羞恥を手放した。無駄と察したからだ。

サーシャは俺の声を聞くのを好む。それを妨げるようなことが俺にできるはずもなかった。とことん、彼には甘いのだ。

「あっ……あぁ……っ……あっあっあっ」

彼の熱い視線を感じるだけで、昂《たか》まっていく自分が信じられない。しかし拒絶したいわけではない。彼はよく、自分の気持ちと同じくらいの大きさを俺は彼に対して抱いていないと泣き言を言ってくるが、それは誤りだといつかわかるといい。その願いから俺は、快感の頂点を目指し、腰を振り続ける。

「……っ」

彼の抑えた声音が、俺の興奮を煽り、動作が激しくなる。いよいよ耐えられない、と俺は自分でも大きすぎるだろうという声を上げ、彼の腹の上で仰《の》け反《ぞ》った。

「アーッ」

触れられてもいなかった雄から白濁した液が滴る。彼もまたほぼ同時に達したようで、ずしりとした重さを中に感じ、自然と吐息が漏れた。

「……愛してます……サマルカンド……」

うっとりした声音でサーシャがそう言い、体勢を入れ替えて俺の身体を組み敷く。こっちは息も絶え絶えだというのに、と苦笑しながら俺は、彼が与えてくれる情熱的な口づけを受け止め、その背に両腕を回して思いは同じであることを伝えるべく、ぐっと抱き寄せたのだった。

あとがき

　はじめまして&こんにちは。愁堂れなです。この度は一〇四冊目のルチル文庫『悪党の回帰　サマルカンドと青い薔薇』をお手に取ってくださり、誠にありがとうございました。

　こちらは『転生詐欺師　恋の手ほどき』のリンク作となります。当時やたらと気に入っていた（笑）サマルカンドを今回主役に据えることができて嬉しいです。

　自分でも本当に楽しみながら書かせていただいた本作が、皆様に少しでも気に入っていただけましたら、これほど嬉しいことはありません。

　奈良千春先生！　今回も本当に本当に本当に‼（毎度暑苦しくてすみません・汗）素晴らしいイラストをありがとうございます‼

　サマルカンドがめっちゃツボなのは前回からなのですが、今回初登場のサーシャ（ミハイル）がもうもう！　可愛すぎますー‼　そして美しすぎますー‼　キリオスも素敵だしココは可愛いし、ラフをいただくたびに大興奮していました。カラーの表紙と口絵が対になっているのも本当に素敵です！（皆さんお気づきになられました？）今回も沢山の幸せを本当にありがとうございました‼

　また本作でも大変お世話になりました担当様を始め、本書発行に携わってくださいましたすべての皆様に、この場をお借りいたしまして心より御礼申し上げます。

そして何よりこの本をお手にとってくださいました皆様に、御礼申し上げます。

また大好きな回帰ものを書くことができて本当に嬉しかったです。未だ私の中で、悪役令嬢もの、転生もの、回帰もののブームが続いていて、タテヨミ漫画のお気に入り数も大変なことになってます（笑）。

今回の回帰物はちょっとイレギュラーな感じになったのではと思うのですが、いかがでしたでしょうか。私の『大好き』（主人公にずっと秘めた恋心を抱いている腹心の部下とか・笑）をたくさん詰め込んだ本作が皆様に少しでも楽しんでいただけるといいなと祈っています。お読みになられたご感想をお聞かせいただけると嬉しいです。どうぞよろしくお願い申し上げます！

次のルチル様でのお仕事は、秋頃文庫を発行していただける予定です。また大好きを詰め込む予定ですので、よろしかったらこちらもどうぞお手に取ってみてくださいね。

また皆様にお目にかかれますことを切にお祈りしています。

令和六年五月吉日

愁堂れな

✦初出　悪党の回帰　サマルカンドと青い薔薇……………書き下ろし

愁堂れな先生、奈良千春先生へのお便り、本作品に関するご意見、ご感想などは
〒151-0051 東京都渋谷区千駄ヶ谷 4-9-7
幻冬舎コミックス　ルチル文庫「悪党の回帰　サマルカンドと青い薔薇」係まで。

幻冬舎ルチル文庫

悪党の回帰　サマルカンドと青い薔薇

2024年6月20日　第1刷発行

✦著者	愁堂れな　しゅうどう れな
✦発行人	石原正康
✦発行元	株式会社 幻冬舎コミックス 〒151-0051 東京都渋谷区千駄ヶ谷 4-9-7 電話　03(5411)6431［編集］
✦発売元	株式会社 幻冬舎 〒151-0051 東京都渋谷区千駄ヶ谷 4-9-7 電話　03(5411)6222［営業］ 振替　00120-8-767643
✦印刷・製本所	中央精版印刷株式会社

✦検印廃止

ISBN978-4-344-85433-8　C0193　Printed in Japan